WHAT
MEN LIVE
BY

사람은 무엇으로 사는가

레프 톨스토이 지음 · 방대수 옮김

책만드는집

옮긴이 방대수

대구에서 출생하여 서울대 국문과와 동 대학원을 졸업했다.
경향신문, 조선일보, 중앙일보, 문화일보 기자를 역임했다.
번역서로 『위대한 개츠비』가 있으며, 다양한 문화 체험을 위해 국내외를 여행하며
책 읽기와 글쓰기의 나날을 보내고 있다.

사람은 무엇으로 사는가

—

개정판 1쇄   2017년 1월 23일
개정판 2쇄   2018년 9월 21일
지은이   레프 톨스토이
옮긴이   방대수
펴낸이   김영재
펴낸곳   책만드는집

—

주소   서울 마포구 양화로3길 99, 4층 (04022)
전화   3142-1585·6
팩스   336-8908
전자우편   chaekjip@naver.com
출판등록   1994년 1월 13일 제10-927호

—

* 잘못 만들어진 책은 구입하신 서점에서 바꾸어 드립니다.

—

ISBN 978-89-7944-597-8 (04800)
ISBN 978-89-7944-591-6 (세트)

이 도서의 국립중앙도서관 출판사도서목록(CIP)은 e-CIP
홈페이지(http://www.nl.go.kr/cip.php)에서 이용하실 수 있습니다.
(CIP제어번호 : CIP2017000452)

차례

사람은 무엇으로 사는가 · 11

사람에겐 얼마만큼의 땅이 필요한가 · 63

바보 이반 · 99

세 그루의 사과나무 · 161

사랑이 있는 곳에 신이 있다 · 207

두 순례자 · 239

촛불 · 293

사람은 무엇으로 사는가

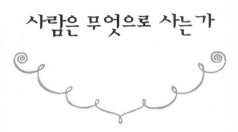

한 구두 수선공이 부인과 아이들을 데리고 어느 농부의 집에 세 들어 살고 있었다. 이 구두 수선공에겐 자기 집도 땅도 없었기 때문에 오로지 구두를 만들고 고치는 것만으로 살림을 꾸려가야 했다. 더구나 빵값은 비싸고 수공비는 쌌기 때문에 버는 것은 모두 먹는 데 써버렸다. 그에게는 부인과 함께 입는 털가죽 외투가 딱 한 벌 있었는데, 그것마저도 낡고 해어져서 그는 2년 전부터 새로 만들 외투 양가죽을 사기로 마음먹고 있었다.

가을로 접어들자 그의 손에도 얼마 되지는 않지만 조금의 여유가 생겼다. 그의 부인의 손가방에는 3루블의 지폐가 들어 있었고, 그것 외에도 마을 사람들에게 빌려준 돈이 5루블 20카페이카였다.

그래서 어느 날 구두 수선공은 아침부터 마을로 양가죽을 사러갈 준비를 했다. 그는 아내의 면내의를 껴입고 그 위에 라사(모직물의 하나)로 된 긴 외투를 걸치고, 3루블의 지폐를 주머니에 넣고는 부러진 나뭇가지를 지팡이 삼아 아침을 먹자마자 곧장 집을 나섰다.

그는 생각했다.

〈꿔준 돈 5루블을 받으면, 거기에 3루블 더해서 양가죽을 사야지.〉

마을에 도착한 그는 한 농부의 집을 찾아갔지만 농부는 외출 중이었다. 다만 그 부인에게 이번 주 안으로 빌린 돈을 갚겠다는 약속만 받아낸 채 다음 농부의 집으로 향해야 했다. 그러나 그 농부 역시 하늘에 맹세코 돈이 없다며 장화 수선비로 겨우 20카페이카를 줄 뿐이었다. 하는 수 없이 그는 양가죽을 외상으로 사려고 했지만 가죽 장사는 외상은 절대로 안된다고 했다.

「우선 돈을 가져오슈. 그런 다음 원하는 것을 사도록 하게나. 외상값 되돌려 받는 일에 이젠 진절머리가 난단 말이야.」

결국 그는 겨우 구두 수선비 20카페이카를 받고 어느 농부에게서 낡은 털장화를 수선하는 일을 부탁 받았을 뿐 헛수고만 하고 돌아왔다.

구두 수선공은 기분이 상해서 20카페이카로 보드카를 마셔버리고는 양가죽은 사지도 못하고 집으로 향했다. 그날 아침 집에서 나올 때는 꽤 추웠던 것 같았는데 술 한잔 마시고 나니 외투 없이도 그럭저럭 견딜 만했다. 그는 한쪽 손으로는 지팡이로 얼어붙은 땅을 두드리고, 다른 한 손으론 털장화를 휘둘러가면서 혼잣말을 중얼거리며 걷고 있었다.

「외투 같은 것 없어도 따뜻하네 뭐. 딱 한잔했는데도 온몸이 후끈후끈한 걸. 모피 같은 건 필요 없어. 뭐든지 다 잊

고 걸어갈 수 있어. 이 몸은 이런 분이야! 도대체 뭐가 어떻다는 거야? 외투 없이도 잘 살아갈 수 있어. 그런 건 내 평생 필요도 없어. 다만 마누라가 징징거리며 가만 있지 않을 텐데…… 이거 정말 골치 아프군. 내가 화가 나는 건 나는 네놈들을 도와줬는데, 네놈들은 나를 바보 취급한다는 거야. 두고 보겠어! 만약, 다음에도 돈을 안 가지고 오면 네놈들의 모자를 잡아채 줄 거니까, 반드시 빼앗아버릴 거야. 그런데 이건 도대체 무슨 경우야? 20카페이카밖에 안 주다니! 이걸로 도대체 뭘 하라고! 고작 술 한잔 하니 그걸로 끝이잖아. 말은 좋다! 곤란하다고? 네놈들이 곤란하면 난? 네놈들은 집도 있고 가축도 있고 뭐든지 다 있지만, 나한텐 이것뿐인데. 네놈들 집엔 빵도 있지만 나는 하나에서 열까지 모두 돈으로 사야 해! 적어도 일 주일에 3루블은 빵값으로 나가야 돼. 지금 당장 집에 돌아갔는데 만약 빵이 떨어졌다면 또 1루블 반은 써야 돼. 그러니까 네놈들은 내 이런 형편을 생각해서라도 나에게 돈을 갚아야지!」

이렇게 중얼거리면서 걷다 보니 어느새 길모퉁이에 있는 교회 근처까지 왔다. 그때 교회 뒤쪽에 뭔가 흰 물체가 보였다. 이미 노을이 지고 있었기에 그는 뭔가하고 빤히 쳐다보았지만 그것이 대체 뭔지는 알 수가 없었다.

〈저쪽에 저런 돌은 없었는데…… 짐승인가? 하지만 짐승 같지는 않은

데? 머리모양을 봐서는 사람 같기도 한데, 하지만 사람치고
는 너무 하얗단 말이야. 아무래도 이상한데? 게다가 사람이
라면 왜 저런 곳에 있는 거야?〉

그는 좀더 가까이 다가갔다. 그제서야 그 물체가 또렷하
게 보였다. 그런데 이상한 일은 그건 확실히 사람이었지만
도대체 살았는지 죽었는지, 벌거벗은 채로 교회 벽에 기댄
채 꼼짝도 않고 있는 것이었다. 그는 갑자기 무서운 생각이
들었다

〈아마 누군가가 이 남자를 죽이고 옷을 빼앗은 후 여기에
버리고 간 것이 틀림없어. 모르고 옆에 갔다가, 나중에 어떤
봉변을 당할지 몰라.〉

그래서 구두 수선공은 그냥 그곳을 지나쳤다. 그가 교회
모퉁이를 지나자 그 남자의 모습은 보이지 않았다. 하지만,
조금 가다가 다시 생각해 보니 마치 그 남자가 이쪽을 보고
있는 것 같은 느낌이 들었다. 구두 수선공은 더욱 무서운 생
각이 들었다.

〈다시 한번 옆으로 가볼까? 아님, 이대로 그냥 가버릴까?
옆에 갔다가 무슨 억울한 일을 당할지도 모르는데. 어떤 놈
인지도 모르잖아. 당연히 좋은 일로 저런 데 있을 리는 없
고. 만약 옆에 갔다가 목이라도 조른다면 도망칠 수도 없을
텐데. 설령 목을 조르지 않는다고 해도 귀찮은 일을 당할 게
뻔한데. 그나저나 저 벌거숭이를 어떻게 하지? 그렇다고 내
가 걸치고 있는 것까지 벗어서 줄 수는 없고. 아! 하느님 제

발 그냥 아무 일 없던 것처럼 지나치게 해주소서!〉

그는 걸음을 빨리 했다. 하지만 교회를 지나게 되자 슬슬 양심에 가책이 느껴졌다. 그는 길 가운데에서 멈춰 섰다.

〈세몬! 대체 뭘 하고 있는 거야. 사람이 어려움을 당해 죽어가고 있는데 무섭다고 보고만 있다니. 네가 엄청 많은 돈이라도 가지고 있는 거야? 어디 빼앗길 거라도 있는 거야? 그렇게 무서워? 어이, 세몬! 그건 좋지 않아!〉

결국 세몬은 발길을 돌려 그 남자에게로 돌아갔다.

세몬이 그 남자에게 다가가 자세히 보니 그는 건장해 보이는 젊은이로 누군가에게 얻어맞은 흔적은 보이지 않았다. 그저 추위에 몸이 얼어 있었고 몹시 두려워하는 듯했다. 그는 지쳤는지 그냥 벽에 기대고 앉은 채 세몬을 보려고 하지도 않았다. 하지만 세몬이 바짝 옆으로 다가서자 그제서야 고개를 들어 세몬을 바라보았다. 세몬을 쳐다보는 그 눈빛만으로도 세몬은 그 남자에게 어떤 동정심이 들었다. 그래서 들고 있던 털장화를 땅에 내려놓고는 허리띠를 풀어 털장화 위에 던진 다음 급히 외투를 벗었다.

「우선 이걸 입는 게 좋겠어, 자아!」

세몬은 남자의 팔을 부축해 일으켜 세워보니 훤칠한 몸
매에 상처 하나 없는 손과 발이 무척 선하고 귀여운 인상이
었다. 세몬은 그의 어깨에 긴 외투를 걸쳐주었지만 팔이 소
매 속으로 잘 끼워지지 않았다. 세몬은 청년의 두 팔을 소매
속에 끼워주고는 옷자락을 당겨 앞을 여민 다음 허리띠를
묶어주었다. 자기가 쓰고 있던 낡은 모자도 벗어서 청년에
게 줄까 생각했지만, 갑자기 머리가 추워지자 〈나는 이렇게
대머리인데 이 젊은이는 머리숱이 많잖아〉라는 생각이 들
어 다시 모자를 썼다.

〈아무래도 모자보다는 구두를 신겨주는 게 좋다.〉

그래서 그는 그 젊은이를 앉혀 놓고는 털장화를 신겨줬다.

「이제 됐어, 젊은이. 자 조금씩 걷다 보면 몸이 녹을 거
야. 아무런 걱정 안해도 돼. 어떻게든 잘 될 거야. 그런데,
걸을 수는 있겠나?」

젊은이는 부드러운 눈길로 세몬을 보고 있었지만 여전히
한 마디도 하지 않았다.

「왜 아무 말이 없나? 어디 이런 곳에서 겨울을 날 수 있겠
어? 집으로 돌아가야지. 자, 힘이 없으면 나한테 기대도 돼.
힘을 내게나!」

그러자 젊은이는 걷기 시작했다. 뒤처지지 않고 잘 따라
왔다. 두 사람이 나란히 걸으면서 세몬이 물었다.

「자네는 도대체 어디서 왔나?」

「저는 이 고장 사람이 아닙니다.」

「이 고장 사람이 아니란 건 나도 알고 있네. 그러니까 왜 이곳에 왔냐고, 더군다나 교회 같은 데를 말일세.」

「그건 말씀드릴 수 없습니다.」

「보아하니 못된 놈들한테 당한 거 같은데?」

「아닙니다. 누구도 저에게 나쁜 짓을 한 적 없습니다. 다만 저는 하느님께 벌을 받고 있는 겁니다.」

「그렇담, 모든 일이 하느님의 뜻이었겠군. 그건 그렇고 어디라도 들어가서 쉬어야 할 것 아닌가? 도대체 어디로 갈 작정인가.」

「저는 어디든 괜찮습니다.」

세몬은 놀랐다. 젊은이는 불량스러워 보이지도 않았고 아주 점잖았지만, 자신에 관해서는 조금도 말하려 하지 않았다. 그래서 세몬은 생각했다.

〈뭔가 말 못할 사정이 있는 게 확실해.〉

그리고 그 젊은이에게 말했다.

「그럼, 우리 집에 같이 가세나. 몸을 좀 녹이면 정신이 맑아질 걸세.」

세몬이 다시 걷자 젊은이도 뒤처지지 않고 따라왔다. 찬바람이 불어 세몬의 외투 속으로까지 스며들자 점점 술이 깨면서 추위가 느껴졌다. 세몬은 코를 훌쩍거리며 아내에게 빌려 입은 속옷자락을 여미고 걸으며 생각했다.

〈아무래도 외투는 날아가 버린 것 같군. 외투 사러 나와서 입고 있던 옷마저 벗어주고, 게다가 이런 벌거숭이 사내까지 데리고 가다니 마트료나가 가만 있지 않을 텐데.〉

마트료나를 생각하니 세몬은 가슴이 답답해져 왔다. 그러나 옆에서 말없이 걷고 있는 젊은이를 돌아보니 처음 그를 발견했을 때 자신을 바라보던 그 눈빛이 생각이 나 왠지 모르게 가슴이 두근거렸다.

세몬의 아내는 일찌감치 서둘러 집안일을 끝냈다. 장작도 쪼개고 물도 길어오고 아이들과 함께 식사도 마치고 난 다음 생각했다.

〈빵은 언제 구울까? 오늘 할까 아니면 내일 아침에 구울까?〉

빵은 아직 큰 거 한 토막이 남아 있었다.

〈혹시 세몬이 밖에서 뭔가를 먹고 온다면 저녁은 조금만 먹겠지. 그러면 내일 먹을 빵은 충분하네.〉

그녀는 빵조각을 몇 번이나 들쳐보며 궁리했다.

〈아무래도 빵 굽는 일은 내일로 미뤄야겠어. 밀가루도 얼

마 없고 금요일까지는 버텨야 되잖아.〉

마트료나는 빵 굽는 일을 그만 두기로 하고 남편의 옷을 깁기 시작했다. 그녀는 바느질을 하면서 남편이 어떤 양가죽을 사올지 궁금해졌다.

〈부디 가죽 장사에게 속아넘어가면 안될 텐데. 뭐라 해도 그이는 사람이 좋기만 해서 남을 속이는 일은 못해도 쥐방울만한 애들한테까지도 속는 사람이라 걱정이야. 8루블이면 큰돈인데. 그 정도면 무척 좋은 모피외투가 될 거야. 작년 겨울만 해도 모피외투가 없어서 얼마나 고생했던지. 강에 물을 길러갈 수가 있나, 어디 나갈 수가 있나. 실제로 오늘만 해도 저 사람이 외출하느라 입을 만한 건 다 입고 간 덕에 나는 뭐 하나 입을 만한 게 있어야지. 그건 그렇고 귀가가 늦네. 벌써 돌아올 시간이 지났는데. 설마 어디서 술을 마시고 있는 건 아니겠지?〉

마트료나가 이런 생각을 하고 있을 때 현관의 계단이 삐걱거리며 누군가 들어오는 소리가 났다. 마트료나는 바늘을 옷감에 꽂아놓고 입구 쪽으로 나가보니 사내 둘이 들어서는 것이었다. 세묜 옆에 선 낯선 청년은 모자도 쓰지 않고 털장화를 신고 있었다. 그녀는 곧바로 남편이 술을 마셨다는 것을 알아차렸다.

〈이것 봐, 내 그럴 줄 알았어!〉

그러면서 남편을 바라보니 그는 외투도 없는 속옷차림으로 게다가 손에는 아무것도 없이 빈손으로 서 있었다. 그녀는 화가 머리끝까지 치밀어올랐다.

〈그럼 그 돈으로 전부 술을 마셔버린 거야? 분명 이 낯선 건달하고 같이 마시고 그것도 모자라 여기까지 끌고 왔군.〉

그녀는 두 사람을 방으로 들이면서 자세히 보니 그 낯선 젊은이가 입고 있는 외투가 바로 자기네들의 외투임을 발견했다. 게다가 외투 속에는 내의도 입지 않은 것 같았고 모자조차도 쓰지 않았다. 방에 들어온 젊은이는 우뚝 선 채로 움직이지도 않고 고개도 들지 않았다. 마트료나는 생각했다.

〈틀림없이 뭔가 나쁜 짓을 저지른 사람 같아. 봐, 겁을 먹고 있잖아.〉

마트료나는 얼굴을 찌푸린 채로 벽난로 쪽으로 가서 두 사람이 하는 행동을 지켜보았다. 세몬은 모자를 벗고 나서야 아내가 화가 나 있음을 알아차렸지만 태연하게 의자에 걸터앉았다.

「빨리 저녁 준비를 해야지. 뭐하는 거야?」

마트료나는 무언가 혼자서 투덜거렸다. 그리고, 벽난로 옆에 선 채 꼼짝도 하지 않았다. 그녀는 남편과 낯선 청년을 번갈아보면서 고개만 젓고 있었다. 세몬은 아내가 일부러 심술을 부리고 있다는 것을 알고 있었지만 모른 체하고 젊은이의 손을 잡고 말했다.

「자, 앉게나. 저녁 먹어야지.」

그러자 청년은 의자에 걸터앉았다.

「뭐야? 아직 저녁 준비가 안됐어?」

사람은 무엇으로 사는가

그녀는 더욱 화가 치밀어올랐다.

「됐어요. 하지만, 당신들 몫이 아니에요. 외투 사러 나가서는 입고 간 외투마저 벗어주고 그것도 모자라 어디서 이런 부랑자까지 데리고 와선. 우리 집엔 당신들 같은 술주정뱅이들에게 먹일 음식 같은 건 없어요.」

「그만해. 마트료나. 뭐 그렇게까지 말할 건 없잖아. 그것보다 우선 이 사람이 어떤 사람인가부터 물어봐야 되는 거 아냐?」

세몬은 주머니를 뒤져 지폐를 꺼내 부인에게 내밀었다.

「돈이라면 여기 있소. 그런데, 도리포노프한테서는 못 받았어. 내일 준다고 하더군.」

마트료나는 기가 막혔다. 사온다던 양가죽은 안 사오고 하나밖에 없는 외투마저 낯선 사람에게 벗어주고 그것도 모자라 그 남자를 집으로까지 끌고 오다니! 그녀는 테이블 위에 있는 지폐를 집어들고는 이렇게 말했다.

「우리 집엔 저녁밥 같은 건 없어요. 누가 벌거숭이 술주정뱅이에게까지 밥을 주겠어요.」

「에이, 마트료나 말 조심해. 우선 우리 사정 얘기부터 들어봐야 되잖아.」

「당신 같은 술주정뱅이한테서 무슨 들을 말이 있겠어요. 처음부터 당신 같은 사람한테 시집오는 게 아니었는데. 어머니가 주신 옷감들도 모두 술값으로 써버리고 이번엔 옷감 사러간다고 하고선 그것마저도 홀딱 써버리다니.」

세몬은 아내에게 술을 마신 건 20카페이카뿐이라는 것과 이 젊은이를 데리고 온 경위 등을 설명하려 했으나 그녀는 들으려 하지 않았다. 어디서 그렇게 쏟아져 나오는지 쉴새 없이 떠들어대더니 10년도 더 된 이야기까지 끄집어내서는 세몬에게 달려들어 그의 옷소매를 잡고 흔들어댔다.

「자, 내 옷 돌려줘요. 딱 하나밖에 없는 옷인데 그것마저 빼앗아 입더니 염치도 좋지. 어서 내놔요. 이 바보 같은 사람아, 이럴 바에야 차라리 죽어버리는 게 낫지!」

세몬은 옷을 벗기 시작했다. 그러자, 그녀가 소매를 세게 당기는 바람에 옷소매가 뜯어졌다. 그녀는 그걸 빼앗아 입고는 문 쪽으로 갔다. 그리고는 나가려고 하다가 문득 걸음을 멈춰 섰다. 화는 났지만 그래도 저 낯선 남자가 어떤 사람인지는 밝혀내고 싶어진 것이다.

마트료나는 선 채로 말했다.

「만약 온전한 사람이라면 저렇게 맨발로 돌아다닐 리가 없잖아요. 저 사람은 속옷도 입지 않고 있어요. 게다가 당신도 좋은 일을 했다면 어디서 이런 남자를 데려왔는지 왜 똑

바로 말을 못하는 거예요.」

「그러니까 내가 아까부터 말하려 했다니까. 내가 집으로
걸어오고 있는데 교회 옆에 앉아서 벌거벗은 채로 완전히
얼어 있잖아. 여름도 아닌데 다 벗은 채로 말이야. 하느님께
서 도우신 거지. 그렇지 않았음 이 사람은 벌써 얼어죽었을
거야. 살다 보면 별 일이 다 있어. 그러니 마음을 좀 진정시
키고 이 사람 처지를 생각해 보라고. 사람들은 모두 언젠가
는 죽는단 말이야.」

마트료나는 욕이라도 퍼부으려 했지만 낯선 젊은이를 보
고는 그만 두었다. 젊은이는 의자 끝에 앉은 채 움직이지도
않고 가만히 있었다. 양손을 무릎 위에 올려놓고 고개는 가
슴께까지 늘어뜨리고는 눈은 감은 채 마치 숨도 멈추고 있
는 것처럼 하고 얼굴을 찡그리고 있었다. 마트료나가 잠잠
했기에 세몬은 다시 말을 이었다.

「마트료나, 당신 마음속에는 하느님이 안 계시는 거야?」

마트료나는 그 말을 듣고는 다시 한번 젊은이를 바라보
았다. 그러자, 그녀의 분노는 차츰 가라앉기 시작했다. 그녀
는 문 쪽으로 몸을 돌려나와 난롯가로 가서 저녁을 준비하
기 시작했다. 테이블 위에 그릇을 놓고 그곳에 쿠어스(맥주
와 유사한 음료)를 붓고 남아 있던 빵조각을 내놓았다.

「자, 다 됐어요. 식사들 하세요.」

세몬은 젊은이를 식탁 앞으로 데려왔다.

「자, 좀더 옆으로 당겨 앉게 젊은이.」

세몬은 빵을 잘라서 잘게 뜯은 후 먹기 시작했다. 마트료나는 테이블 끝 쪽에 앉아서 한 손으로 턱을 받치고는 낯선 젊은이를 쳐다보았다. 마트료나는 그 젊은이가 불쌍하다는 생각과 함께 그를 돌봐줘야겠다는 생각도 들었다. 그러자 갑자기 젊은이는 표정이 밝아지며 찡그렸던 얼굴을 펴더니 그녀를 쳐다보고는 싱긋 웃었다. 두 사람이 식사를 끝내자 그녀는 그릇을 치우며 젊은이에게 묻기 시작했다.

「당신은 어디에서 왔어요?」

「저는 이곳 사람이 아닙니다.」

「어째서 이런 곳까지 왔나요?」

「그것은 말씀드릴 수 없습니다.」

「당신이 입던 옷은 누가 뺏은 거죠?」

「아닙니다. 하느님께 벌을 받고 있는 겁니다.」

「그래서 벌거벗은 채로 쓰러져 있던 거예요?」

「예. 벌거벗은 채로 쓰러져 죽어가고 있는 걸 세몬이 발견하고 가엾게 여겨 자신이 입고 있던 옷을 벗어서 제게 입혀주고는 여기까지 데리고 온 겁니다. 그리고 여기에 오니 당신이 또 먹을 것을 주시고 불쌍히 여겨 주셨습니다. 하느님은 꼭 당신들을 도와주실 겁니다!」

마트료나는 자리에서 일어나 조금 전 바느질을 하고 있던 세몬의 낡은 내의를 집어 낯선 젊은이에게 주고는 바지도 찾아서 건네주었다.

「자요, 보아하니 내의도 안 입고 있는 것 같군요.

이걸 입고 아무 데나 내키는 곳에 가서 주무세요. 침대 위든, 난로 옆이든.」

마트료나는 외투자락으로 몸을 감고 누웠지만 낯선 청년의 일이 머릿속에서 떠나질 않아 쉽게 잠을 청할 수 없었다. 그가 한 덩이밖에 없던 빵을 먹어버렸기 때문에 당장 내일 먹을 빵이 없다는 것과 내의와 바지까지 줘버린 일들을 떠올리고는 이내 울적해졌다. 하지만 그가 싱긋 웃던 표정을 생각하니 마음이 한결 가벼워졌다. 마트료나는 오래도록 잠을 이루지 못했다. 세몬도 쉬이 잠들지 못하는 것 같은지 외투자락을 자기 쪽으로 끌어당기곤 했다.

「세몬! 당신들이 조금 전에 남은 빵을 다 먹어버렸는데 내일 먹을 것을 구워놓지 못했어요. 어떻게 해야 할지 모르겠어요. 말라냐 아줌마네서라도 좀 빌려올까요?」

「그래도 되고……. 설마 산 입에 거미줄이야 치겠어?」

마트료나는 가만히 누운 채 아무 말이 없었다.

「그런데 저 사람 나쁜 사람 같지는 않은데 왜 자신의 신분을 밝히지 않을까요?」

「글쎄, 어떤 말 못할 사정이 있겠지.」

「세몬!」

「응…….」

「우리 같은 사람도 남에게 뭔가를 베푸는데 왜 아무도 우리에겐 베풀어주지 않는 걸까요?」

세몬은 뭐라 말해야 좋을지 몰랐다.

「아무렴 어때.」

그렇게 말하고는 돌아누워 잠들어버렸다.

아침이 되어 세몬은 눈을 떴다. 아이들은 아직 자고 있었고 마트료나는 옆집으로 빵을 빌리러 갔다. 어젯밤에 데리고 온 젊은이만 그저 혼자 낡은 내의와 바지를 입은 채 의자에 앉아서 천장만 쳐다보고 있었다. 그의 모습은 어제보다 한결 밝아보였다.

「어이, 젊은이! 배는 먹을 것을 원하고 벌거벗은 몸은 입을 것을 원하네. 사람은 일해서 먹고 살아야 해. 자네는 무슨 일을 할 줄 아나?」

「저는 아무 일도 할 줄 모릅니다.」

세몬은 놀라서 이렇게 말했다.

「사람은 마음먹기에 달렸지. 어떤 일이라도 노력하면 할수 있네.」

「예, 모두들 일을 하니 저도 하겠습니다.」

「자네, 이름은 뭔가?」

「미하일입니다.」

「그럼 미하일, 자네는 자신에 대한 이야기를 꺼려하는 모양인데 그건 자네 사정이니 아무래도 좋지만 먹으려면 벌지 않으면 안되네. 내가 시키는 대로 일해 준다면 우리 집에 머물러도 좋네.」

「감사합니다. 열심히 배우겠습니다. 무슨 일이든 가르쳐 주십시오.」

세몬은 실을 손가락에 감아서 꼬기 시작했다.

「어렵진 않으니 잘 봐두게…….」

미하일은 잠시 들여다보더니 이윽고 금방 따라서 했다. 이번에는 그에게 실을 찌는 법을 가르쳤다. 미하일은 그 역시 금방 익혔다. 그 다음은 실 속에 단단한 것을 끼워넣는 일과 가죽 깁는 법을 가르쳤다. 미하일은 이것 역시 금방 배웠다. 세몬이 어떤 일을 가르쳐도 그는 금방 배웠고 사흘째부터는 벌써 줄곧 구두일을 한 것 마냥 능숙하게 일하기 시작했다. 그는 몸을 사리지 않고 일했는데 그다지 많이 먹지도 않았다. 한가할 때에도 농담을 하거나 웃는 법이 없었고 좀처럼 외출도 하지 않았다. 그러니까 그가 웃는 모습을 본 것은 처음 온 날 마트료나가 그에게 저녁을 대접했을 때뿐이었다.

하루하루가 지나고 일 주일이 지나 어느새 1년이란 세월이 흘렀다. 미하일은 변함 없이 세몬의 집에 살면서 일을 했다. 그리고 미하일의 솜씨에 대한 소문이 자자해서 미하일만큼 튼튼하고 모양 좋은 구두를 만들 사람은 아무도 없다는 얘기가 들렸다. 그래서 여기저기서 주문이 밀려와 덕분에 세몬의 수입도 늘어났다.

어느 겨울날 세몬이 미하일과 함께 일하고 있는데, 삼두 마차가 방울소리를 내며 집 앞으로 달려오고 있었다. 두 사람이 창문으로 쳐다보니 마차는 집 앞에서 멈추었고 젊은 남자가 마부석에서 뛰어내리더니 마차 문을 열었다. 그러자 마차 안에서 내린 사람은 모피외투를 걸친 점잖은 신사였다. 신사는 세몬의 집 계단으로 올라왔다. 곧 마트료나가 뛰어나가 문을 열어주었더니 신사는 허리를 구부려 가게로 들어와서는 다시 허리를 폈는데, 머리가 천장에 닿을 정도로 키가 컸고 몸집도 방을 채울 정도로 건장했다.

세몬이 일어나서 인사를 했는데 그 신사의 거대한 몸집을 보고는 입을 다물지 못했다. 여태껏 그렇게 큰 사람을 본적이 없었기 때문이었다. 세몬도 호리호리한 체격이었고 미하일도 마른 편에다 마트료나로 말할 것 같으면 마치 마

른 나뭇가지와 다를 바 없었기에, 그 사람은 다른 나라에서
온 사람 같았다. 그 신사의 얼굴은 불그스름하고 윤이 났으
며 목은 황소처럼 굵고 몸 전체가 마치 무쇠로 만든 것 같았
다. 신사는 크게 한번 숨을 내쉬더니 외투를 벗고 의자에 앉
았다.

「누가 주인인가?」

세몬이 앞으로 다가갔다.

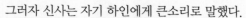

「네, 제가 주인입니다. 나리.」

그러자 신사는 자기 하인에게 큰소리로 말했다.

「이봐, 페치카, 물건을 이리 갖고 와!」

하인이 달려가 무슨 꾸러미 하나를 갖고 왔다. 신사는 그것을 받아서 테이블 위에 놓고는 「풀어!」라고 말하자 하인이 꾸러미를 풀었다. 그것은 가죽이었다.

신사는 그 가죽을 가리키며 세몬에게 말했다.

「이봐 주인, 이게 무슨 가죽인지 알겠나?」

「네, 나리! 알다마다요.」

「이봐! 정말 이게 무슨 가죽인지 안단 말인가?」

세몬이 가죽을 만져보며 말했다.

「네, 아주 좋은 가죽입니다요.」

「아주 좋은 가죽입니다요? 이런 얼간이! 자네 같은 사람이 이런 고급 가죽을 어디 구경이나 했을라고. 이건 독일제로 자그마치 20루블이나 주고 산 거라고.」

세몬은 겁먹은 표정으로 대답했다.

「감히 저 같은 놈이 어찌 구경이나 했겠습니까.」

「그야 그렇겠지. 그러면 이 가죽으로 내 발에 꼭 맞는 장화를 만들 수 있겠나?」

「네, 나리! 만들 수 있습니다요.」

신사는 큰소리로 호통치듯 말했다.

「흥, 만들 수 있다고! 허나 네 이놈, 이것으로 누구의 장화를 만드는 건지, 어떤 가죽으로 만드는지 잘 염두에 두어야 해. 내게는 1년 정도 신어도 모양이 변하지 않고 이음새도 터지지 않는 장화가 필요해. 그러니 자신 있으면 맡아서 가죽을 재단하게. 허나, 못할 것 같으면 일찌감치 포기하고 가죽에는 손대지 마. 미리 말해 두지만 장화가 1년도 되지 않아서 이음새가 터지거나 모양이 변하면 너를 감옥에 처넣겠다. 대신 1년이 지나도 터지지 않고 모양도 변치 않는다면 너에게 수공비로 10루블을 주지.」

세몬은 겁이 나서 뭐라 말도 못하고 슬쩍 미하일을 봤다. 그리고는 팔꿈치로 그를 치며 작은 소리로 물었다.

「이봐! 미하일, 어떻게 하지?」

미하일은 일을 맡으라는 신호로 고개를 끄덕거렸다. 세몬은 미하일의 뜻에 따라 1년을 신어도 모양도 변하지 않고 이음새도 터지지 않는 장화를 만들기로 했다. 신사는 하인을 불러 왼쪽 발의 신발을 벗기라고 하고는 다리를 내밀었다.

「자, 치수를 재게!」

세몬은 50센티미터 정도 길이의 종이를 잘 편 다음 무릎을 꿇고 신사의 양말이 더러워지지 않도록 앞치마에 손을 잘 닦은 다음 치수를 재기 시작했다. 세몬은 먼저 발바닥을 재고 발등을 잰 다음 종아리를 재려고 했으나 그 종이자로는 잴 수가 없었다. 신사의 종아리는 마치 통나무처럼 굵었기 때문이었다.

「조심해! 종아리가 꽉 끼지 않게 하란 말야.」

세몬은 다른 종이를 이어 붙였다. 신사는 의젓하게 앉은 채로 양말 속의 발가락을 꼼지락거리며 주위를 둘러보았다. 그러는 동안 미하일이 눈에 들어왔다.

「저 남자는 누군가?」

「저희 집 직공인데 솜씨가 아주 좋습니다. 나리의 장화도 저 사람이 만들 것입니다요.」

「그럼, 자네도 똑똑히 알아두라고! 1년 동안은 끄떡없는 장화를 만들어야 해!」

세몬도 미하일을 돌아보니 미하일은 신사는 쳐다보지도 않고 뒤쪽 구석을 뚫어지게 응시하고 있었다. 마치 그곳에 누군가가 있어 유심히 살피고 있는 것 같은 표정이었다. 미하일은 그런 모습으로 한참 동안 있더니만 갑자기 싱긋하고 미소를 지은 후 환하게 웃었다.

「이런 바보 같은 놈, 뭘 보고 웃는 거야? 정신 차려서 기한 내에 틀림없이 만들도록 하라고.」

그러자 미하일이 말했다.

「네, 기한 내에 틀림없이 맞추겠습니다.」

「분명히 명심하라고!」

신사는 구두를 신고 모피외투를 걸친 다음 문 쪽으로 향했다. 그런데 몸을 구부려야 되는 걸 깜박 잊고는 심하다 할 정도로 세게 이마를 부딪쳤다. 신사는 한바탕 욕설을 퍼붓더니 이마를 문지르며 마차를 타고 가버렸다.

신사가 탄 마차가 사라지자 세몬이 말했다.

「정말 대단한 분이야! 큰 망치로 맞아도 끄떡없을 것 같아. 좀 전에 그렇게 세게 부딪쳤는데도 아무렇지도 않은 모양인가 봐.」

그러자 마트료나도 말했다.

「저렇게 호강하며 사는데 마르고 싶어도 마를 수 있겠어요. 저런 크고 튼튼한 사람은 저승사자도 벌벌 떨 거예요.」

세몬이 미하일에게 말했다.

「그런데, 일을 맡긴 했지만 잘못했다간 감옥행이니 걱정이야. 가죽은 비싸고 나리의 성질은 불 같고. 어떻게든 실수 없이 해야 될 텐데. 이봐, 미하일! 자네가 눈도 밝고 나보다 솜씨도 좋으니 여기 이 치수대로 재단을 하게나. 나는 겉가죽을 꿰맬 테니.」

미하일은 세몬이 시키는 대로 신사가 가져온 가죽을 펼쳐놓고는 가위를 들어 재단을 시작했다. 미하일 옆에서 재단하는 모습을 지켜보고 있던 마트료나는 그의 행동을 보고는 깜짝 놀랐다. 그 동안 장화 만드는 일을 많아 보아왔기 때문에 어느 정도 눈에 익었는데 미하일은 신사가 주문한 모양과는 다르게 재단을 하고 있는 것이었다. 마트료나는 한마디하려다가 속으로 생각했다.

〈내가 나리의 장화를 어떻게 만드는지 잘못 알아들었는지도 몰라. 아무래도 미하일이 나보다는 잘 알고 있을 테니 참견하지 않는 게 좋겠어.〉

미하일은 재단을 끝내고는 실을 꿰매기 시작했다. 그러나 장화를 만들 때 쓰는 두 겹실이 아니라 슬리퍼를 꿰맬 때 사용하는 한 겹실을 사용하는 것이었다. 마트료나는 더욱 놀랐지만 역시 말하지는 않았다. 미하일은 열심히 가죽을 꿰매고 있었다. 그러는 동안 점심때가 되어서 세몬이 자리에서 일어나 보니 미하일 곁에는 벌써 그 신사의 가죽으로 한 켤레의 슬리퍼가 만들어져 있었다. 세몬은 너무 놀라 한숨을 내쉬었다.

〈아니, 이게 뭐야? 미하일은 1년 동안 한 번도 실수를 한 적이 없었는데 하필이면 지금 이런 실수를 저지르다니. 나리는 굽이 있는 가죽장화를 주문했는데 이 사람은 굽 없는 슬리퍼를 만들어서 가죽을 쓸모 없이 만들다니. 이젠, 나리에겐 뭐라 말해야 좋은가? 이런 가죽은 구할 수도 없는데.〉

그러고는 미하일에게 물었다.

「이보게, 미하일. 대체 어찌된 일인가? 내 목을 자르려고 그래! 나리는 장화를 주문했는데 자네는 대체 무엇을 만든 건가?」

세몬이 기가 막혀 미하일에게 꾸지람을 하고 있는데 계

단에서 소리가 나더니 누군가 문을 두드렸다. 두 사람이 창문으로 내다보니 누가 말을 타고 와서 말고삐를 매고 있었다. 문을 열고 들어오는 사람은 바로 조금 전에 왔던 신사의 하인이었다.

「안녕하세요?」

「네, 무슨 일로 왔나요?」

「아까 주문한 장화 때문에 마님의 심부름을 왔습니다.」

「장화 일이라니요?」

「나리는 이제 장화가 필요 없게 되었습니다. 나리가 갑자기 돌아가셨거든요.」

「아니, 뭐라고요?」

「집으로 돌아가시던 도중에 마차 안에서 숨을 거두셨어요. 마차가 댁에 도착해서 내려 드리려고 보았더니 나리가 가마니처럼 쓰러져 이미 굳어져 있었어요. 그래서 간신히 마차에서 끌어내렸지요. 그래서 마님께서 저한테 이렇게 말씀하셨어요. 〈구둣방 주인에게 가서 전해라. 아까 나리께서 주문하신 장화는 필요 없게 되었으니 대신 죽은 사람이 신는 슬리퍼를 빨리 만들어달라고 말야.〉 그리고 만드는 동안 기다렸다가 가지고 오라고요.」

미하일은 재단하고 남은 가죽을 집어들어 챙겨놓고는 완성된 슬리퍼를 들어 툭툭 털어서 앞치마로 닦고는 하인에게 건네주었다. 하인은 슬리퍼를 받아들고 돌아갔다.

「안녕히 계세요.」

미하일이 세몬의 집으로 온 지 벌써 6년째가 되었다. 그는 예전처럼 어디에도 나가지 않고 쓸데없는 말도 하지 않았다. 그 동안 딱 두 번 웃은 게 전부였다. 한 번은 이 집에 처음 오던 날 마트료나가 그를 위해 저녁을 준비해 줬을 때였고 또 한 번은 죽은 신사가 방문했을 때이다. 세몬은 미하일이 너무나 기특했다. 그는 미하일에게 어디서 왔는지 더 이상 묻지도 않았고 단지 미하일이 훌쩍 떠나버리지는 않을까 걱정이 되었다.

어느 날 온 식구가 집에 모여 있을 때 마트료나는 난로에 냄비를 올려놓고 있었고 아이들은 의자를 넘나들며 창 밖을 내다보기도 했다. 세몬은 창가에서 열심히 구두를 꿰매고 있었고 미하일은 다른 창가에서 굽을 달고 있었다. 그때 아들이 의자를 넘어 미하일 곁으로 와서는 그의 어깨를 흔들며 창 밖을 가리키며 말했다.

「미하일 아저씨, 저것 좀 봐요. 어떤 아줌마가 여자애를 데리고 우리 집으로 오고 있어요. 한 아이는 절름발이에요.」

아이들이 그렇게 말하자 미하일은 하던 일을 멈추고 창문 쪽으로 고개를 돌려 밖을 내다보았다. 세몬은 놀랐다. 여태껏 한번도 밖을 본 적이 없었던 미하일이 지금은 창문에 얼굴을 바싹 갖다붙이고 정신 없이 뭔가를 보고 있었기 때문이었다. 그래서 세몬도 밖을 내다보니 실제로 어떤 부인이 자기 집으로 오고 있었다. 그 부인은, 모피외투를 입고 털 목도리를 두른 두 여자아이의 손을 잡고 있었다. 여자아이들은 누가 누구인지 구별이 안될 정도로 닮아 있었다. 단지 한 아이는 왼쪽 다리를 절룩거렸다.

부인은 계단을 올라와 문을 열었다. 그리고는 두 여자아이를 앞세워 안으로 들어왔다.

「안녕하세요, 여러분.」

「어서 오세요, 어떻게 오셨나요?」

부인은 테이블 앞에 앉았다. 두 여자아이는 그녀의 무릎에 매달리며 사람들을 낯설어하는 것 같았다.

「봄에 저 아이들이 신을 구두를 맞추려고요.」

「그러세요. 이렇게 작은 구두는 아직 만들어본 적은 없지만 뭐든 만들 수는 있습니다. 여기 있는 미하일의 솜씨가 보통이 아니거든요.」

세몬이 미하일을 돌아보니 그는 하던 일을 멈추고 여자아이들을 바라보고 있었다. 세몬은 미하일의 그런 태도에 깜짝 놀랐다. 사실 두 여자아이들은 예쁜 얼굴이었다. 까만 눈동자에 포동포동하고 불그스레한 볼에 입고 있는 모피외투와 목도리도 고급이었다. 세몬은 미하일이 무슨 이유로 그들을 그렇게 쳐다 보는지 이해할 수 없었다. 마치 오랫동안 알던 사이인 것 처럼 말이다.

세몬은 이상하게 생각하면서도 부인과 흥정을 하고 있었 다. 곧 값을 정하고 아이들의 치수를 재려 하였다. 그러자 부인은 다리가 불편한 아이를 무릎에 안아올리며 말했다.

「미안하지만 이 아이의 발로 두 사람분의 치수를 재주세 요. 불편한 발을 먼저 재서 한 짝을 만들고 성한 발에 맞춰 선 세 짝을 만들어주세요. 둘 다 발이 똑같거든요. 쌍둥이라 서요.」

세몬은 치수를 재고, 다리가 불편한 아이를 보며 말했다.

「어쩌다가 이렇게 되었어요? 이렇게 예쁜데…… 태어날 때부터 이랬나요?」

「아뇨, 엄마의 실수로 그만.」

그때, 마트료나가 끼어들었다. 그녀는 부인과 아이들에 대해 알고 싶었던 것이다.

「그럼, 부인은 이 아이들의 엄마가 아니신가요?」

「예, 전 생모는 아니에요. 남남이긴 하지만 제가 맡아서 키우고 있어요.」

「친엄마가 아닌데도 정말 귀여워하시네요.」

「어떻게 이쁘지 않을 수가 있겠어요. 전 이 둘을 제 젖을 먹여서 키웠답니다. 제게도 친자식이 하나 있었는데 하느님 이 데리고 가셨어요. 그렇지만 그 아이도 이 아이들만큼 귀 여워하지는 않았어요.」

「그렇다면, 이 아이들은 뉘 집 아이들인가요?」

부인은 이야기를 풀어놓기 시작했다.

「6년 전의 일이에요. 이 아이들은 태어난 지 일 주일 만에 고아가 되어버렸어요. 아버지는 아이들이 태어나기 사흘 전에 세상을 떠났고 어머니는 아이들을 낳은 후 바로 죽었어요. 그때 저는 남편과 함께 농사를 지으며 살고 있었는데 이 아이들의 부모와는 서로 가족처럼 지냈어요. 아이들 아버지는 숲속에서 일을 하다가 나무에 깔렸어요. 겨우 집에 옮겼을 때는 이미 하느님 곁으로 갔더군요. 그리고 나서 며칠 후에 쌍둥이를 낳았지요. 그렇지만 아이들 엄마는 가난한데다 돌봐주는 사람도 없이 혼자서 아이를 낳고는 외롭게 죽어간 거예요. 다음날 아침 제가 들러보았더니만 가엾게도 그 사람은 벌써 숨을 거두고 말았더군요.

그런데 숨을 거두면서 한 아이 위로 쓰러졌는지 보시다시피 이 아이의 한쪽 다리가 눌렸어요. 마을 사람들이 모여서 시체를 씻기고 관을 만들어 장례를 치러주었습니다. 다들 좋은 사람들이었죠. 그런데 남은 두 아이들이 문제였어

요. 아이들을 누가 키워야 할지가 걱정이었죠. 그곳에 모인 여자들 중에 젖먹이가 있는 건 저뿐이었어요. 저는 태어난 지 8주밖에 안되는 사내아이가 있었지요. 그래서 우선, 당분간만 제가 쌍둥이들을 보살피기로 했어요. 그리고 마을 사람들이 여러 가지로 생각한 끝에 저에게 부탁을 하더군요.

〈마리아, 당분간만 이 아이들을 맡아줄 수 없어? 그 다음은 우리가 어떻게든 해보도록 할게.〉

그래서 한 번은, 성한 아이에게만 젖을 물리고 다리가 불편한 아이에게는 젖을 물리지 않으려고 했어요. 이 아이는 도저히 살아날 가망이 없다고 생각했거든요. 그런데, 이 천사 같은 영혼을 이대로 시들게 해선 안된다는 생각이 들면서 이 아이가 불쌍해졌어요. 그래서, 이 아이에게도 젖을 주기 시작했죠. 그러니까 내 아이와 쌍둥이 모두 세 아이를 제 젖을 먹여 키웠어요. 다행히도 제가 젊고 건강한데다 잘 먹었기 때문에 가능했죠. 전 언제나 둘을 한꺼번에 젖을 물리고 한 아이만 기다리게 했죠. 누가 먼저 다 먹고 나면 기다리던 아이에게 젖을 먹였죠. 이렇게 해서 하느님의 은혜로 이 두 아이들을 이만큼 키워주었는데 제 아이는 두 살이 되던 해 그만 하느님이 거두시고 말았습니다. 그리고 그 후론 자식을 주시지 않으셨지요. 그 후 살림형편은 차츰 나아졌고 남편은 남의 일을 맡아서 하고 있어요. 수입도 좋았고 사는 것도 편했지만 아이가 없잖아요. 만일 이 두 아이들이 없었다면 저 혼자 무슨 재미로 살아가겠어요. 그러니, 제가 어떻게 이 두 아이들을 사랑하지 않을 수 있겠어요? 제게 있어 이 아이들은 촛불과 같은 존재인 걸요.」

여인은 한 손으로 다리가 불편한 아이를 꼭 껴안고 한 손으로는 흐르는 눈물을 닦았다.

마트료나도 한숨을 내쉬며 말했다.

「아이는 부모 없이는 자랄 수 있지만 하느님 없이는 살 수 없다라는 말이 있더니, 진짜 그런 것 같군요.」

주인과 서로 잠시 이야기를 주고받은 뒤, 여인은 가려고 일어났다. 세몬과 마트료나는 여인을 배웅하며 미하일 쪽을 돌아보았다. 그는 무릎 위에 손을 얹고 앉아서 천장을 쳐다보며 빙그레 웃고 있었다.

10

세몬은 미하일의 곁으로 갔다. 미하일은 의자에서 일어나서 작업을 정리하고는 앞치마를 풀며 주인내외에게 공손히 인사를 하고는 말했다.

「어르신과 부인, 이젠 떠나야겠습니다. 하느님께서 저를 용서해 주셨습니다. 당신들도 부디 절 용서하십시오!」

그러자 미하일의 몸에서 갑자기 후광이 비쳤다. 세묜도 일어나 미하일에게 머리를 숙이며 말했다.

「미하일, 나도 자네가 평범한 사람이 아니라는 것과 자네를 붙잡아서는 안된다는 것, 그리고 자네에겐 물어서는 안 될 말이 있다는 걸 잘 알지만, 한 가지만 얘기해 주게나. 어째서 자네는, 내가 자네를 발견하고 우리 집으로 데리고 왔을 때는 그렇게 어두운 표정을 하고 있더니만 아내가 저녁을 준비해 주자 그걸 보고 싱긋 웃고 그 이후로는 밝은 얼굴을 볼 수 없었는가? 또 그 후, 나리가 장화를 주문했을 때 두 번째로 밝게 웃더니 지금 저 부인이 여자아이들을 데리고 왔을 때 세 번째로 웃었네. 미하일, 어째서 자네의 몸에서 밝은 빛이 나는지, 왜 자네는 세 번밖에 웃지 않았는지 그 이유를 들려주게나?」

그러자, 미하일이 말하기 시작했다.

「제 몸에서 밝은 빛이 나오는 것은 제가 지은 죄를 지금 하느님이 용서해 주셨기 때문입니다. 또, 제가 세 번밖에 웃지 않은 것은 제가 하느님의 세 마디 말씀을 깨달았기 때문입니다. 하나는, 주인마님께서 제게 친절히 대해 주셨을 때 깨달았습니다. 그래서 웃은 겁니다. 두 번째 말씀은, 부자나리께서 장화를 주문하러 왔을 때 알았습니다. 그래서 두 번째로 웃었습니다. 그리고 지금, 저 두 아이들을 봤을 때 마지막인 세 번째 말씀을 깨달았습니다. 그래서 세 번째로 웃었던 겁니다.」

이 말을 들은 세몬이 말했다.

「그렇담 미하일, 자네는 무슨 일로 하느님께 벌을 받은 건가? 그 말씀이라는 것은 무엇인지 가르쳐주지 않겠나?」

미하일은 말했다.

「하느님께서 제게 벌을 주신 것은 제가 하느님의 분부를 거역했기 때문입니다. 저는 천사였습니다. 하느님은 제게 한 여인의 영혼을 거두어오라는 분부를 내리셨습니다. 그래서 인간 세상으로 내려와 보니 그 여인이 아파서 누워 있었습니다. 그리고 방금 여자 쌍둥이를 낳았던 것입니다. 두 아기들은 엄마 곁에서 꼼지락거리고 있었는데 엄마에겐 이미 아이들에게 젖을 줄 힘조차 남아 있지 않았습니다. 저를 본 그 여인은 하느님이 자신의 영혼을 불러들이기 위해 보낸 것을 알고 흐느끼며 이렇게 말했습니다.

〈천사님! 제 남편은 죽어 장례를 치른 지 얼마 되지도 않아요. 제겐 형제, 자매도 친척어른도 계시질 않아요. 그러니 제발 절 데려가지 마시고 이 아이들을 키울 수 있게 해주세요. 아이들이 혼자서 일어설 수 있을 때까지만 보살필 수 있게 해주세요. 아이들은 부모 없이는 살 수 없어요.〉

그래서, 저는 여인의 말을 듣고 한 아기에게 젖을 물려주고 다른 아이는 엄마 품에 안겨주곤 하늘나라로 돌아왔습니다. 그리고 하느님 곁으로 가 이렇게 말씀드렸죠.

〈전, 방금 아이들을 낳은 여인의 영혼을 거둘 순 없습니다. 아버지는 나무에 깔려 죽고 엄마는 아이들을 방금 낳은

사람은 무엇으로 사는가

참이라, 그 여인은 제발 자기 영혼을 거두
지 말아달라고 애원했습니다. 제발 이 아
이들을 키우고, 자라서 혼자 설 수 있을
때까지 보살피게 해주소서. 부모가 없으면 아이들은 살 수
없어요. 그래서 저는 그 어머니의 영혼을 거둬오지 못했습
니다.〉

　그러자, 하느님께서 말씀하시길.

　〈가거라, 그래서 그 어머니의 영혼을 거두거라. 그러면
세 가지 말의 뜻을 알 수 있을 게다. 인간의 마음속에 무엇
이 있는가? 인간에게 허락되지 않은 것이 무엇인가? 사람
은 무엇으로 사는가? 이 세 가지 말의 뜻을 알 수 있을 것이
다. 그리하여, 그것을 깨달은 다음 하늘로 돌아오너라.〉

　그래서, 다시 지상으로 내려와 그 여인의 영혼을 거두고
말았습니다. 아이는 엄마의 품에서 미끄러져 떨어져 있었습
니다. 그런데 엄마의 시신이 침대 위로 쓰러지면서 한 아이
의 한 쪽 다리를 덮치고 말았습니다. 저는 마을을 떠나 그
여인의 영혼을 하느님께 바치러 올라가려 했습니다. 그런
데, 갑자기 거센 바람이 일더니 그만 제 날개를 부러뜨렸습
니다. 그렇게 여인의 영혼만 하늘로 올라가고 저는 지상으
로 떨어져 쓰러져 있었던 것입니다.」

세몬과 마트료나는, 자신들과 함께 살아온 상대가 누구인지를 알게 되자 두려움과 기쁨으로 눈물을 흘렸다.

천사는 다시 말을 이었다.

「저는 혼자 벌거숭이가 된 채 버려졌습니다. 그때까지 전 인간의 괴로움도 모르고 추위와 배고픔도 몰랐습니다. 그러다가 갑자기 인간이 되어버린 것입니다. 배는 고파 오고 몸은 얼어 가는 데 어떻게 해야 좋을지 몰랐습니다. 그때 문득 들판 가운데 하느님을 섬기는 교회가 세워져 있는 것을 보고는 그곳으로 가 몸을 피하려고 했지요. 그런데 교회는 열쇠가 채워져 있어 들어갈 수 없었고 바람이라도 피해보려고 교회 뒤쪽에 앉아 있었지요. 날은 저물어갔고 허기는 더욱 심해지고 몸은 얼어 완전히 지쳐 있었습니다. 그때 문득 사람의 발소리가 들려와서 바라보니, 한 남자가 손에 장화를 들고 뭔가 혼잣말을 하며 걸어오고 있었습니다. 그때 저는 처음으로 언젠가는 죽어야 할 인간의 얼굴을 보았기에 무서워 얼굴을 돌리고 말았습니다. 그런데 듣고 있자니 그 남자는 이 추운 겨울을 어떻게 날 건지 어떻게 처자식을 먹여 살릴 것인지 등을 혼자 중얼거리고 있었습니다. 그래서 전 생각했죠.

사람은 무엇으로 사는가

〈나는 허기와 추위로 죽을 것만 같다. 그런데 여기, 자신과 아내가 입을 모피외투와 가족들이 먹을 빵을 걱정하는 사람이 걸어오고 있으니 저 사람은 나를 도와줄 능력이 없겠군.〉

그러자 그 사람은 저를 보고는 이마를 찡그리며 점점 무서운 얼굴로 변하더니 제 옆을 그대로 지나쳤습니다. 전 무척 실망했죠. 그런데, 다시 발소리가 나더니 그 사람이 되돌아오고 있는 것이 아닙니까. 전 뒤돌아 봤지만 조금 전의 사람이 아닌 것 같았습니다. 조금 전까지는 그 사람의 얼굴은 죽을상을 하고 있었는데 갑자기 생기가 돌아 있었습니다. 전 그 사람의 얼굴에서 하느님의 모습을 보았습니다. 그 사람은 제 옆으로 와서 저에게 옷을 입혀주고 자기 집으로 데리고 가 주었습니다. 그의 집에 가니 한 여인이 우리를 맞이하고는 뭔가 투덜거리기 시작했습니다. 그 여인은 조금 전의 그 남자보다 더 무서운 형상을 하고 있었습니다. 그녀의 입에서는 독기가 뿜어져나와 죽음의 입김 때문에 숨을 쉴 수가 없었죠. 그 여인은 저를 추운 밖으로 내쫓으려 했습니다. 만일 그대로 저를 내쫓았다면 그 여인은 금방 죽어버리고 말았을 겁니다. 그때 갑자기 그녀의 남편이 그녀에게 하느님을 상기시켜 주었습니다. 그러자, 그녀는 곧 태도가 바뀌었습니다. 그리고, 저희들에게 저녁을 차려주었고 저를 쳐다보는 그녀의 얼굴에는 이미 죽음의 그림자가 사라지고 생기가 넘쳐 있었습니다. 전 그녀의 얼굴에서도 하느님의 모습을 보았습니다.

그때 저는 하느님의 첫번째 말씀인, 〈인간의 마음속에 무엇이 있는지를 알게 될 것이다〉라고 하신 것을 떠올렸습니다. 그래서 인간의 마음속에 있는 것은 사랑이라는 것을 깨달았습니다. 저는, 하느님이 저에게 약속하신 일을 이렇게 보여주시는구나 하고 기뻐했습니다. 그래서 처음으로 웃었던 것입니다. 하지만, 아직 하느님의 말씀을 전부 알 수는 없었습니다. 〈인간에게 허락되지 않은 것이 무엇인가? 사람은 무엇으로 사는가?〉 이 두 말씀을 알 수는 없었습니다.

제가 이 집에 온 지 1년이 흘렀습니다. 그러던 어느 날 어떤 신사가 와서 1년 동안 모양도 변하지 않고 이음새도 터지지 않는 장화를 만들어달라고 주문했습니다. 전, 그 사람을 보고 있는 동안 그 사람의 뒤에 제 친구인 죽음의 천사가 있는 걸 알아챘습니다. 저 말고는 누구도 그 천사를 보지 못했지만 저는 그를 알고 있었기에, 그날 해가 지기 전에 그 신사의 영혼이 거두어지리라는 것을 알고 있었습니다. 그래서 전 생각했죠.

이 사람은 1년 앞일을 준비하고 있지만 오늘 저녁까지만 살 수 있다는 것은 모르고 있다. 그래서, 하느님의 두 번째 말씀인, 〈인간에게 주어져 있지 않은 것이 무엇인지를 알게 될 거다〉라고 하신 말씀을 떠올렸습니다.

인간의 마음속에 있는 것이 무엇인지는 벌

써 알고 있었습니다. 지금 또, 인간에게 주어져 있지 않은 것이 무엇인지도 알게 되었습니다. 인간에게는, 자신의 육체를 위해 없어서는 안될 것이 무엇인지를 알 수 있는 지혜가 주어져 있지 않았습니다. 그래서 전, 두 번째로 웃음을 보이게 되었습니다. 친구였던 천사를 본 것과 하느님께서 두 번째 말씀을 계시하신 것이 기뻤기 때문입니다.

하지만, 저는 전부를 깨닫지는 못했습니다. 아직 〈사람은 무엇으로 사는가〉를 알지 못했습니다. 정말이지 저는 계속해서 신세를 지면서 하느님이 마지막 말씀의 의미를 계시해 주실 때를 기다렸습니다. 그러다 6년째에, 쌍둥이인 두 여자아이가 한 부인과 함께 이곳에 왔습니다. 저는 이 아이들이 죽지 않고 살아 있다는 것을 알게 되었습니다. 그러고 나서 생각했습니다.

그 어머니가 아이들 때문에 살려달라고 부탁했을 때, 저는 아이 엄마의 말을 믿고 부모 없이는 아이들이 살 수 없다고 생각했지만 다른 사람의 젖을 먹고도 이렇게 잘 자라지 않았는가. 그리고 그 아이를 키워준 부인이 아이들 때문에 감동의 눈물을 흘렸을 때 전 하느님의 모습을 발견했고 사람은 무엇으로 사는지를 깨달았습니다. 이렇게 해서 저는, 하느님이 마지막 말씀을 제게 깨우쳐주시고 절 용서하셨다는 것을 알았을 때 세 번째로 웃었던 것입니다.

그러는 동안, 천사의 몸은 빛으로 둘러싸여 똑바로 쳐다볼 수 없게 되었다. 그는 점점 소리를 크게 내며 이야기했다. 그 소리는 그가 말하는 것이 아니라 마치 하늘에서 울려 나오는 소리 같았다. 천사는 말했다.

「나는 모든 인간들이 자신만을 생각하며 살아가는 것이 아니라, 사랑에 의해 살아간다라는 것을 알게 되었다. 아이들을 낳고 죽어가던 그 어머니는 아이들이 살아가기 위해서 무엇이 필요한지 알 수 있는 힘이 주어져 있지 않았다. 또, 그 신사는 자기 자신에게 무엇이 필요한지 알 수 있는 힘이 없었다. 사실 어떤 사람이라도 자신에게 필요한 것이 살아서 신을 장화인지 아니면 죽어서 신을 슬리퍼인지 그것을 알 수 있는 힘은 허락되지 않는다.

내가 사람이 되었을 때 살아갈 수 있었던 것은, 내 스스로 자신의 일을 걱정했기 때문이 아니라 길을 가던 한 사람과 그의 아내의 마음에 사랑이 있어 나를 불쌍히 여겨 보살펴 주었기 때문이다. 또, 두 고아가 잘 자랄 수 있었던 것도 한 여자의 진실한 사랑이 있어 그들을 불쌍히 여기고 사랑해 주었기 때문이었다. 그래서 모든 인간들이 살아가고 있는 것은 그들이 자기 자신을 걱정하기 때문이 아니라 사람들의

마음에 사랑이 있기에 살아가는 것이다.

이전에도 나는, 하느님이 사람들에게 생명을 내리시어 그들이 잘 살기를 바라고 계신다는 것을 알고 있었지만 지금 또 다른 한 가지를 깨닫게 되었다. 하느님께서는 사람들이 떨어져 사는 것을 원하지 않기 때문에 각자 자기에게만 필요한 것이 무엇인지를 깨우쳐주지 않았으며, 서로 모여 살아가기를 원했기 때문에 사람들에게 자기 자신과 모든 사람에게 필요한 것이 무엇인지를 가르쳐주신 것이다.

나는 이제야 깨달았다. 사람이 오직 자기 자신의 일을 생각하는 마음만으로 살아갈 수 있다고 하는 것은 그저 인간들의 착각일 뿐이고 실제로는 인간은 사랑의 힘에 의해 살아가고 있다는 것을 알게 되었다. 사랑의 마음으로 가득 차 있는 자는 하느님의 세계에 살고 있는 것이고 하느님은 그 사람 속에 계시는 것이다. 왜냐하면, 하느님은 사랑이시기 때문에.」

그리고 천사는 하느님을 찬양하는 노래를 부르기 시작했다. 그러자, 그 소리가 울려 퍼져서 온 집안이 흔들리더니 천장은 갈라지고 한 줄기 불기둥이 하늘로 솟아올랐다. 세몬과 아내와 아이들은 일제히 땅에 엎드렸다. 그러자, 순식간에 미하일의 등에 날개가 돋더니 하늘로 올라가 버렸다.

이윽고 세몬이 정신을 차렸을 때는

집은 원래대로였고 집안에는 가족들 외에 다
른 사람의 모습은 볼 수 없었다.

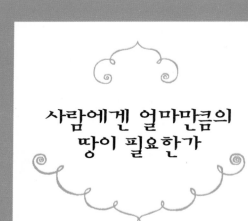

사람에게 얼마만큼의
땅이 필요한가

도시에서 사는 언니가 시골에 사는 동생집을 찾아왔다. 언니는 도시의 상인에게 시집을 갔고, 동생은 시골의 농부와 결혼을 했다. 자매는 차를 마시면서 이런저런 이야기를 하고 있었다. 그러다가 언니는 도시생활에 대해 자랑을 늘어놓기 시작했다. 자기가 얼마나 넓고 아름다운 집에서 살고 있는지, 아이들은 얼마나 좋은 옷과 맛있는 음식을 먹고사는지, 마차를 타고 놀러 다니고 극장구경은 얼마나 자주 하는지 모른다며 자랑이 대단하였다.

동생도 화가 나서 도시에서의 삭막한 생활을 헐뜯으며 자신의 농촌생활을 자랑하기 시작했다.

「아무리 도시생활이 좋다고 해도 언니네 생활과 바꾸고 싶진 않아. 그건 우리들의 생활이 초라해 보일지 모르지만 걱정이란 것을 모르고 살거든. 언니 말처럼 도시생활은 역시 아름답고 화려해. 그렇지만, 큰 이익을 보던지 아니면 완전히 망하던지 둘 중 하나잖아. 거기에 비하면 우리 농촌생활은 안전하고 확실하지. 비록 큰돈은 벌지 못하지만 배를 곯는 일은 없으니까.」

그러자, 언니가 말을 되받았다.

「배만 고프지 않으면 뭐해! 돼지처럼 살면서. 좋은 옷 한 벌 못 입어보고 제대로 놀아보지도 못해 보고 그래도 괜찮아? 네 남편이 아무리 열심히 일해 봤자 요모양요꼴로 사는데. 결국 너의 아이들도 같은 처지가 되는 거야.」

「그게 어떻다는 거야! 그게 우리들의 방식이야. 그 대신 우리의 생활은 위험한 일은 조금도 없어. 누군가에게 머리를 숙이지 않아도 되고, 누구를 무서워할 일도 없어. 그런데 언니가 살고 있는 도시는 마치 모두가 유혹과 불안 속에서 살고 있는 것 같아. 오늘은 좋아도, 내일은 또 어떤 유혹에 빠질지 알 수 없잖아. 형부도 언제 도박이나 술독에 빠질지 모르잖아? 그리고 그렇게 되면 재산이고 뭐고 끝장나잖아, 안 그래?」

동생 남편인 바흠이 벽난로 옆에서 그들의 대화를 듣고 있다가 말했다.

「그건 옳은 말이에요. 우리 같은 농부들은 어렸을 때부터 땅을 벗삼아 살았기 때문에 엉뚱한 생각을 할 틈이 없어요. 단 한 가지 아쉬운 것은 땅이 부족하다는 거죠. 땅만이라도 원없이 있다면 우리에겐 두려울 것이 없어요. 악마라도 무섭지 않아요.」

여자들은 차를 다 마시고 나서도 잠시 동안 옷에 관한 이야기들을 나누고 찻잔을 치운 다음 잠자리에 들었다. 그런데, 한 악마가 벽난로 뒤에 숨어 있다가 그들의 이야기를 빠

짐없이 듣고 있었다. 악마는 농부가 아내의 말을 거들며, 땅만 있으면 악마도 무섭지 않다고 큰소리 치는 것을 듣고는 몹시 약이 올랐다.

〈옳지, 그랬겠다. 그럼 너와 한판 붙어주지. 내가 네놈에게 땅을 듬뿍 주지. 땅으로 너를 홀려주고 말겠어.〉

바흠이 사는 마을 근처에는 그다지 크지 않은 땅을 가진 여지주가 살고 있었다. 그녀는 대략 120데샤티나(*1데샤티나는 약 1헥타르) 정도의 땅을 가지고 있었다. 그녀는 지금까지 농부들과 사이좋게 지내왔고 농부들을 괴롭히는 일은 하지 않았다. 그런데 얼마 전에 군에서 제대한 남자가 관리인으로 고용된 후부터 이 남자는 뭐라고 말만 해도 벌금을 물려 농부들을 괴롭히기 시작했다. 바흠이 아무리 조심을 해도 그는 바흠의 소나 말이 지주의 귀리밭을 밟았다느니 송아지가 목초지에 들어온다든지 하는 것으로 일일이 벌금을 물리는 것이었다. 벌금을 내고 나면 바흠은 애꿎은 집안 사람들에게 종종 화를 내곤

사람에겐 얼마만큼의 땅이 필요한가

했다. 이 관리인 때문에 바흠은 여름 동안 꽤 많은 죄를 짓게 되었다. 그래서 가축을 헛간에 들이게 되었을 때는 오히려 한시름을 놓게 되었다. 사료는 부족했지만 걱정거리가 없어졌기 때문이었다.

그런데 그해 겨울에 여지주가 땅을 팔려고 내놓았는데 저택 관리인이 그 땅을 사려고 한다는 소문이 돌았다. 농부들은 그 소문을 듣고 한숨을 내쉬었다.

「이거 큰일이네. 만약 땅이 저택 관리인의 손에 넘어가면 그놈은 꼭 여지주보다 더 많은 벌금을 물릴 것이 분명해. 그렇다고 우리가 이 땅을 떠나서 살 수는 없고.」

농부들은 하나가 되어 여지주를 찾아가 땅을 자신들에게 팔 것을 간청했다. 그리고 그들은 반드시 저택 관리인보다 더 비싸게 쳐주겠다고 약속했다. 결국 여지주는 승낙했다. 농부들은 조합을 만들어 땅을 전부 사들이려고 몇 번이고 회의를 거듭했지만, 결론이 나지 않았다. 악마가 훼방을 놓았기 때문에 어떻게 해도 의견일치를 볼 수 없었던 것이다. 결국 농부들은 자기 형편대로 각자 땅을 사기로 했다. 여지주 역시 동의했다.

〈다른 사람 모두가 땅을 사버리면 나는 어떡하지?〉

그래서 그는 아내와 의논을 했다.

「모두가 땅을 사고 있으니 나도 10데샤티나 정도는 사야 될 것 같은데. 그러지 않고는 살아갈 수 없게 되니까 말야. 그 관리인 놈이 물리는 벌금 때문에 살 수가 없어.」

두 사람은 무슨 수로 땅을 살 것인가를 궁리했다. 그들에게는 저축해 둔 돈이 100루블 정도 있었다. 땅을 사기 위해 망아지 한 마리와 꿀벌을 절반 팔고 아들을 머슴살이 보내고 게다가 처남에게 돈을 빌려 겨우 땅값의 반 정도를 마련했다. 바흠은 돈을 모아서 조그만 숲이 있는 15데샤티나의 땅을 봐놓고 여지주에게 계약을 하려고 갔다. 15데샤티나의 가격으로 흥정을 하고 계약을 마친 후 땅값의 절반을 지불하고 나머지는 2년 내에 갚기로 했다.

이렇게 해서 바흠은 마침내 자기 땅을 갖게 되었다. 그는 씨앗을 사다가 그의 땅에 뿌렸다. 그해 농사는 풍년이 들어 1년 만에 여지주와 처남에게 빌린 돈을 전부 갚을 수 있었다. 바흠은 기쁨으로 가슴이 벅차올랐다. 그 땅에서 자라는 풀과 꽃도 다른 집 것과는 전혀 다르게 보이는 것 같은 기분이 들었다. 땅은 예나 지금이나 변한 것이 없는데도 바흠에게는 그 땅이 정말 특별한 땅처럼 생각되었다.

3

이리하여 바흠은 즐거운 나날을 보내고 있었다. 이웃 농부들이 그의 작물이나 목초지를 짓밟는 일만 빼고는 모든

것이 만족스러웠다. 그는 이웃 농부들에게 조심
해 달라는 부탁을 했지만 별 소용이 없었다.
놓아먹이는 소들이 그의 목초지에 들어오
고 저녁에는 말들이 그의 작물을 짓밟기
도 했다. 바흠은 그것들을 쫓아낼 뿐
고소하지는 않았다. 그러나 계속해서 그
런 일이 일어나자 드디어 재판소에 고소를 하게 되었다. 물
론 농부들이 그러는 것은 워낙 땅이 좁기 때문이며 나쁜 마
음이 있어서가 아니라는 것은 알고 있었다.

〈그래도 그냥 놔둘 수는 없어. 그냥 내버려두면 날 바보
로 알게 될 테니까.〉

그는 소송을 걸어 농부들에게 벌금을 받아냈다. 그러자
근처의 농부들이 바흠을 욕하기 시작했고 일부러 그의 땅을
짓밟기 시작했다. 어느 농부는 한밤중에 숲에 들어와 몇 십
그루나 되는 참피나무의 껍질을 모조리 벗겨버렸다. 다음날
아침 바흠이 숲 근처를 지나가는데 무언가 희끗희끗한 것이
보여 가까이 다가가 보니 껍질이 벗겨진 참피나무와 밑동이
잘린 나무들이 여기 저기 널려 있었다. 바흠은 화가 머리끝
까지 치밀어올랐다.

〈나쁜 놈들! 누군지 붙잡히기만 하면 가만 놔두지 않을
테다.〉

그는 누구의 짓일까 생각하고 또 생각해 보았다.

〈이것은 누가 뭐라고 해도, 쇼무카놈의 짓이 틀림없어.〉

이렇게 생각하고 쇼무카의 집으로 달려가 동정을 살폈지만 아무런 증거도 찾을 수 없었다. 바흠은 그래도 쇼무카 짓이 틀림없다고 확신했다. 그는 쇼무카를 상대로 고소를 했고 두 사람은 법정에 출두했다. 재판은 몇 번이나 되풀이되었지만 증거가 불충분하다는 이유로 쇼무카는 무죄로 풀려났다. 바흠은 더욱 화가 나 마을의 어른들이나 재판장에게까지 행패를 부렸다.

「당신들은 모두 도둑놈의 편을 드는군요. 만일 당신들이 바른 생활을 한다면 도둑놈을 무죄로 석방하는 어처구니없는 일은 없었을 것이요.」

바흠은 마을 사람들과도 자주 다투게 되었다. 마을 사람들은 그의 집에 불을 지르겠다며 협박했다. 그리하여 바흠은 많은 땅을 소유하게 되었지만 주위로부터 따돌림을 받아 외톨이로 지내야 했다. 그 무렵 농부들이 새로운 땅에 이주하려고 한다는 소문이 돌았다. 바흠은 생각했다.

「나는 이곳을 떠날 이유가 없어. 사람들이 하나 둘 여길 떠나면 빈땅이 많아지겠지. 그러면 내가 그 땅들을 모두 사 버려야지. 그렇지 않고서는 이대로 답답해서 살 수가 없어.」

어느 날 바흠이 집에 있을 때 지나가던 농부가 찾아왔다. 바흠의 가족들은 그를 하룻밤 재워주고 음식을 대접한 뒤 이런저런 이야기를 나누었다. 바흠은 그 농부에게 어디서 왔는지 묻자,

그 농부는 멀리 볼가강의 건너편에서 왔으며 여기저기를 떠돌아다니며 막노동을 하고 있다고 했다. 농부는 이야기를 계속했다. 그곳에는 많은 사람들이 이주해 오고 있고 그곳에 온 사람들은 마을의 조합에 가입해 한 사람당 10데샤티나씩의 땅을 배당 받았다는 것이었다. 그런데 그 땅들은 어찌나 비옥한지 호밀을 심으면 말이 보이지 않을 정도로 농사가 잘된다고 했다. 어떤 농부는 알거지로 맨주먹만 들고 왔는데 지금은 여섯 마리의 말과 두 마리의 소를 가지고 있다는 얘기까지 듣게 되었다.

바흠의 마음은 뜨겁게 달아올랐다. 그는 생각했다.

「그렇게 살기 좋은 땅이 있는데 왜 이런 좁은 땅에서 가난하게 살고 있지? 이런 땅과 집은 팔아버리고 그 돈으로 그곳으로 가서 새 출발을 해보자. 이런 좁은 곳에 살다 보면 언제나 죄만 짓게 마련이야. 우선 그곳 사정부터 알아본 후 이사를 하는 게 좋겠군!」

여름이 되자 바흠은 그곳으로 떠났다. 사마라까지는 볼가강을 따라 기선으로 내려가 그곳으로부터 걸어서 400베르스타(*1베르스타는 약 3,500피트) 가까이 가야 했다. 그는 겨우 목적지에 도착했다. 모든 것이 듣던 대로였다. 농부들은 한 사람당 10데샤티나씩의 땅을 배당 받아 꽤 풍족하게 살고 있었다. 그리고 누구라도 기꺼이 조합에서 받아주었다. 그뿐만이 아니라 돈을 가지고 있는 사람은 배당 받은 땅 이외에도 얼마든지 가장 좋은 땅을 3루블 정도에 살 수

있었다.

모든 사정을 살펴본 바흠은 가을철이 되자 집으로 돌아
와서는 모든 재산을 정리했다. 땅과 집과 가축을 전부 팔았
다. 그리고 마을의 조합으로부터 탈퇴한 뒤 봄이 오기를 기
다려 가족들과 함께 새로운 땅으로 떠났다.

바흠은 가족과 함께 새로운 땅에 도착하자 곧 마을의
조합에 가입했다. 마을의 어른들에게 술을 대접하고 필요한
서류들을 모두 갖추었다. 얼마 후 바흠은 조합원이 되었고
다섯 명의 가족에 대해서 50데샤티나의 땅과 목장을 배당
받았다. 바흠은 그곳에 집을 짓고 가축도 길렀다. 그가 소유
한 땅은 전보다 세 배나 되었고 더욱이 그 땅은 기름진 좋은
땅이었다. 살림도 전과 비교해 열 배나 좋아졌다. 땅도 충분
했지만 목장도 아주 만족했다. 그래서 가축은 얼마든지 기
를 수 있게 되었다.

이주한 처음에는 모든 것이 만족스러웠지만 차츰 생활이
안정되고 살림이 불어나자 이곳 역시 좁게만 느껴졌다. 첫
해에 심은 밀은 풍년이 들었다. 그는 더 많은 밀을 심고 싶

었지만 그러기엔 배당 받은 땅이 부족했다. 또 어떤 땅은 밀 농사에는 적당하지 않은 땅도 있었다. 그곳에서의 밀농사는 퇴비나 비료를 주어 놀리지 않는 땅이라야만 했다. 그런데 이런 땅은 원하는 사람이 많아 경쟁이 심하기 마련이었다. 돈이 많은 사람들은 스스로 땅을 사들여 경작을 했지만 가난한 사람들은 상인들에게 빚을 지고 농사를 짓는 상태였다. 바흠은 좀더 많은 밀을 심고 싶었다. 그래서 작년보다 더 많은 농사를 지어서 더욱 더 많은 수확을 하게 되었다. 하지만 새로 씨를 뿌린 땅은 마을에서 15베르스타씩이나 걸어야 했다. 그 근처에서 농사도 짓고 장사도 하면서 많은 돈을 버는 사람도 보았다. 바흠은 생각했다.

〈나도 저 사람들처럼 땅을 더 살 수만 있다면 얼마나 좋을까! 그러면 지금보다는 한결 형편이 나아질 텐데……〉

바흠은 어떻게 해서라도 땅을 자기 재산으로 만들어야겠다고 마음먹었다. 어느덧 3년의 세월이 흘렀다. 그는 해마다 더 많은 땅을 빌려 밀을 심었다. 매년 풍작으로 많은 밀을 수확해 돈도 꽤 벌었다. 이제는 별 부족함 없이 살아가게 되었다. 그렇지만 매년 남의 땅을 빌려 농사를 짓는 일이 못마땅했다. 그리고 어딘가 좋은 땅만 있으면 다른 농부들이 금방 달려와 빌려가서 농사를 지을 땅이 없어져버리는 것이었다. 3년째 되는 해에 바흠은 한 상인과 공동으로 농부들로부터 목초지를 빌렸다. 그러나 목초지를 개간하여 경작을 마쳤을 때 농부들이 재판소송을 제기하는 바람에 한 해 농사가 헛수고가 되고 말았다.

〈만약 이것이 내 땅이었다면 누군가에게 머리를 숙일 필요도 없고 귀찮은 일도 없을 텐데.〉

그래서 바흠은 영원히 자기 소유로 만들 땅을 찾고 있던

중 어느 날 한 농부가 찾아왔다. 그 농부는
500데샤티나의 땅을 가지고 있는데 파
산을 하여 그 땅을 아주 싸게 판다는 것
이었다. 바흠은 그 농부와 여러 차례 흥정
을 했다. 그 결과 1,500루블로 값을 정하
고 절반은 얼마 후에 갚기로 했다. 이제 완전히 그 농부와
이야기가 끝나갈 무렵 또 다시 지나가던 상인이 바흠의 집
에 찾아왔다. 둘은 차를 마시며 세상 돌아가는 이야기를 했
다. 상인은 그곳에서 멀리 떨어진 바시키르로부터 왔다고
했다. 그는 바시키르 사람들에게 단돈 1,000루블에 5,000
데샤티나의 땅을 샀다고 말했다. 바흠은 값이 너무 싼 게 이
상해서 이것저것 물어보자 상인은 대답해 주었다.

「마을 노인들의 비위만 맞춰주면 됩니다. 저는 100루블 정
도의 옷과 차 한 상자를 모두에게 나누어주고 약간의 술을 대
접하는 것으로 1데샤티나에 20카페이카씩 주고 샀습니다.」

이렇게 말하며 그는 땅문서를 보여주었다.

「그 땅은 작은 강을 끼고 있으며 전부 풀로 덮여 있는 넓
은 들판이랍니다.」

바흠은 이것저것 자세히 물었다.

「그곳의 땅은 얼마나 넓은지 1년이 걸려도 다 돌아볼 수
없을 정도예요. 그것은 모두 바시키르 사람들의 것입니다.
그런데 그곳 사람들은 모두 양처럼 순해서 헐값으로 살 수
있었지요.」

바흠은 또 생각하기 시작했다.

「그런 곳이 있었는데 나는 500데샤티나의 땅에 1,000루블을 내고 그 위에 빌린 돈까지 갚아야 하다니…… 그곳으로 가면 1,000루블 정도면 엄청나게 많은 땅을 살 수 있을 텐데!」

바흠은 그곳으로 가는 길을 자세히 물었다. 그리고 상인이 떠난 후 이내 자신도 떠날 채비를 했다. 뒷일은 아내에게 맡기고 일꾼 한 사람을 데리고서 출발했다.

도중에 그는 작은 도시에 들러 상인이 말한 대로 차 한 상자와 여러 가지 선물과 술도 샀다. 그리고 서둘러 다시 길을 떠나 500베르스타쯤 갔다. 일 주일 만에 그들은 바시키르의 유목지에 도착했다. 모든 것이 상인의 말 그대로였다. 그곳 주민들은 강가의 넓은 초원에서 천막을 씌운 마차 속에서 생활하고 있었다. 그들은 밭도 갈지 않고 곡식을 먹지도 않았다. 초원에는 가축이나 말이 무리를 지어 노닐고 있었다. 마차 뒤에는 망아지들이 매어 있어 하루에 두 번씩 어미를 데려다 젖을 먹였다. 그곳 사람들은 말 젖으로 술을 만들었고 여자들은 이것을 휘저어 치즈를 만들었다. 그러나 남자들은 그저 술과 차를 마시며 양고기를 먹고 피리를 부는 일뿐이었다. 사람들은 모두 살이 쪄 있었고 성격은 쾌활하고 여름에는 놀기만 하고 있었다. 그들은 까막눈이어서 러시아 말도 몰랐지만 상냥하고 친절했다.

　바흠을 보자 바시키르인들은 마차로부터 몰려나와 그를 에워쌌다. 그 중 러시아 말을 할 줄 아는 사람을 찾아 땅을 사려고 왔다고 말했다. 바시키르 사람들은 바흠을 반갑게 맞이하고는 제일 좋은 텐트마차에 안내하고 양털방석 위에 앉혔다. 그리고는 차와 술을 내왔으며 양고기도 대접했다. 바흠은 자신의 마차에서 선물을 꺼내 바시키르인들에게 나누어주었다. 그들은 너무나 기뻐했다. 이내 그들은 자기들끼리 뭐라고 떠들자 통역하는 남자가 이렇게 말했다.

　「이 사람들은 모두 당신을 마음에 들어 하고 있습니다. 그래서 그들의 풍습에 따라 선물에 대한 보답을 하고 싶은데 당신의 의사는 어떠냐고 묻는 것입니다.」

　「제가 제일 갖고 싶은 것은 당신들의 땅입니다. 제가 살고 있는 곳은 땅이 좁고 너무 많이 경작을 하여 아주 황폐해져 버렸답니다. 그런데 당신들의 땅은 넓을 뿐 아니라 모두 비옥한 토질을 가진 땅이군요. 저는 지금까지 이런 좋은 땅을 본 적이 없습니다.」

통역을 맡은 사람이 그의 말을 전했다. 바시키르 사람들은 서로 의논을 하는 눈치였다. 바흠은 그들이 말하는 것을 알아듣지 못했지만 큰소리로 웃고 떠드는 모습으로 보아 매우 즐거워하고 있다는 것을 알 수 있었다. 이윽고 통역하는 사람이 말을 꺼냈다.

「모두가 말하기를 당신의 친절에 보답하기 위해 원하는 만큼의 땅을 주겠다고 합니다.」

그들은 또 다시 뭔가를 의논하기 시작하더니 점점 목소리가 높아지더니만 한바탕 언쟁이 오고 갔다. 바흠은 그들이 무슨 일로 싸움을 하고 있는지 묻자 통역이 대답했다.

「사실은 이 중에서, 땅문제라면 촌장에게 물어봐야 하는데 마음대로 결정해서는 안된다고 하는 사람과 그럴 필요가 없다는 사람이 있어서입니다.」

6

이렇게 바시키르인들이 다투고 있을 때 불쑥 여우털 모자를 쓴 남자가 왔다. 모두들 갑자기 조용해지더니 일제히 일어서는 것이었다. 통역하는 사람이 말했다.

「이분이 촌장어른이십니다.」

바흠은 곧 바로 제일 좋은 옷과 차를 꺼내어 촌장에게 건넸다. 촌장은 그것을 받고 자리에 앉았다. 그러자 바시키르인들이 촌장에게 무언가 이야기를 꺼냈다. 촌장은 잠자코 듣고 있다가 한층 큰 목소리로 그들을 조용히 시키더니 바흠을 향해 러시아 말로 말했다.

「좋습니다. 마음에 드는 곳을 가지십시오. 땅은 얼마든지 있으니.」

바흠은 생각했다.

〈대체 갖고 싶다고 한들, 어떻게 가진단 말인가? 우선 계약을 확실히 해둘 필요가 있어. 그렇지 않으면, 나중에 돌려달라고 하지 않는다는 보장도 없잖아.〉

「친절한 말씀, 정말 감사합니다. 말씀하신 대로 여기는 땅이 충분히 많지만 저는 조금이면 됩니다. 제가 필요한 만큼만 가졌으면 합니다. 다만 어떻든 분명히 정해서 그것이 제 땅이라는 것을 확실히 정해 주셨으면 합니다. 사람은 언제 죽을지 모르기 때문에 나중에 후손들이 도로 땅을 빼앗아갈지도 모르잖아요.」

「옳은 말입니다. 경계를 정하기로 합시다.」

그래서 바흠이 말했다.

「제가 듣기로는 이곳에 상인 한 분이 왔었다고 했습니다. 당신들이 그 사람에게 땅을 주면서 땅문서도 만들어주었다고 하던데, 제게도 그렇게 해주시면 감사하겠습니다.」

촌장은 모든 것을 허락했다.

「네, 그렇게 하지요. 그런 일은 어려운 일이 아니죠. 저희에게 서기가 있으니 함께 마을로 가서 정식 서류를 작성합시다.」

「그럼 땅값은 어느 정도로 할까요?」

바흠이 물었다.

「저희들은 일정한 가격을 받습니다. 하루에 1,000루블입니다.」

바흠은 그 말뜻을 잘 이해하지 못했다.

「그렇다면, 대체 몇 데샤티나 정도 됩니까?」

「저희들은 그런 식으로 계산하지 않습니다. 언제나 하루치로 계산해서 팔고 있습니다. 즉, 살 사람이 하루 동안 걸어다닌 만큼의 땅을 드립니다. 그래서 하루에 1,000루블이라고 하는 것입니다.」

바흠은 놀랐다.

「그렇지만 하루 종일 돌면 꽤 많은 땅이 될 텐데요.」

그 말을 들은 촌장은 웃었다.

「예, 그것이 전부 당신 땅이 되는 것입니다. 그러나 조건이 하나 있습니다. 만일 하루 만에 출발점까지 돌아오지 못하면 모든 일이 허사가 되고 맙니다.」

「그러면, 제가 돌아본 곳은 어떻게 표시합니까?」

「우리가 어디라도 당신이 원하는 곳까지 함께 합니다. 그리고 그곳에 서 있을 테니 당신은 그곳에서 출발해서 돌아오시면 됩니다. 떠날 때 삽을 들고 적당한 곳에 표시를 하십

시오. 즉, 그곳에 작은 구멍을 파서 주변의 나무나 풀을 심어두세요. 나중에 그 구덩이를 연결하기로 합시다. 어떤 식으로 돌아와도 좋지만, 단지 해가 저물기 전에 출발점으로 돌아와야 한다는 걸 잊지 마세요. 그렇게 해서 원 안에 들어간 땅은 모두 당신 땅이 되는 것입니다.」

바흠은 기뻤다. 그들과 내일 해가 뜨기 전에 모여서 출발점으로 가기로 약속했다. 그리고 이런 저런 이야기를 하면서 양고기와 술을 마셨다. 그러는 동안 날이 저물었다. 그러고 나서 그들은 바흠에게 솜이불을 덮고 자게 하고 자신들은 마차로 돌아갔다.

바흠은 솜이불을 덮고 누웠지만 잠을 잘 수가 없었다. 계속 땅만 생각했다.

〈우선 가능한 멀리까지 가서 돌아와야지. 부지런히 걷는다면 하루 동안에 50베르스타는 돌 수 있겠지? 50베르스타 땅이라면 대체 얼마나 될까? 그 중에 나쁜 땅은 팔아버리든지 농부들에게 빌려주면 돼. 그래서 제일 좋은 땅만 골라서 그곳에 눌러 앉아야지. 두 마리 소가 끌 쟁기를 만들고 머슴

을 두 사람 쓰면 50데샤티나쯤은 경작할 수 있을 거야. 그리고 나머지는 목장을 만들어야지.〉

바흠은 밤새 한숨도 못 자고 날이 밝아올 즈음 겨우 잠들었다. 하지만 잠깐 잠이든 순간 꿈을 꾸었다. 꿈속에서 그는 텐트 안에 누워 있었는데 밖에서 누군가 웃는 소리가 들려왔다. 그는 누가 웃고 있는지 궁금해서 일어나 마차 밖으로 나갔다. 보니 바시키르 촌장이 마차 앞에 앉아서 양손으로 배를 움켜쥐고 웃고 있는 것이었다. 그는 촌장에게 다가가서 물었다.

「무슨 일로 웃고 있는 겁니까?」

그리고 나서 보니 웃고 있는 건 바시키르 촌장이 아니라 예전에 자기에게 땅얘기를 했던 그 상인이었다.

「언제 이곳에 왔습니까?」라고 묻는 순간 갑자기 그 상인은 이전에 볼가강 저쪽에서 왔던 농부의 모습으로 변해 있었다. 그런데 다시 살펴보니 그 농부의 모습은 온데간데없고 사나운 뿔과 발톱을 가진 악마 하나가 그곳에 앉은 채로 배를 움켜쥐고 웃고 있는 것이었다. 그리고 그 앞에는 셔츠와 바지를 입은 어떤 남자가 맨발로 쓰러져 있었다. 조금 더 옆으로 가서 살펴보니 남자는 이미 죽어 있었는데 그 남자는 다름 아닌 바흠 자신이었다. 바흠은 너무 놀라 눈을 떴다. 다행히 그건 꿈이었다.

〈뭐야, 뭐 이런 꿈이 다 있어?〉

바흠은 주위를 둘러보고 열린 문으로 보니 벌써 날이 밝

아오고 있었다.

〈다들 깨워야겠군. 이제 출발할 시간이 되었네.〉

바흠은 일어나 마차에서 자고 있는 하인을 깨워 출발준비를 시키고 자신은 바시키르인들을 깨우러 갔다.

「모두 일어나세요. 초원에 가서 땅을 정할 시간이에요.」

바시키르인들도 일어나서 모두 모였다. 잠시 후 촌장도 왔다. 바시키르인들은 우유로 만든 술을 마시는 것으로 하루를 시작했다. 그리고 바흠에게도 차를 대접하려고 했지만 그는 마음이 바빠 그렇게 한가히 앉아 있을 시간이 없었다.

「모두들 일찍 떠납시다. 시간이 다 됐어요.」

바시키르인들은 말이나 마차를 타고 출발했다. 바흠은 삽을 준비해서 하인과 함께 자신의 마차를 타고 갔다. 초원에 도착하니 날이 밝아오고 있었다. 바시키르 말로 시항이라고 하는 언덕에 내려 한 곳에 모였다. 촌장이 바흠의 곁으로 가서 손을 들어 가리켰다.

「보시는 바와 같소이다. 보이는 곳은 전부 우리 땅입니다. 그러니 어디든지 마음에 드는 곳을 가지십시오.」

바흠의 눈은 불타올랐다. 땅은 원하던 초원으로 손바닥처럼 평평했고 양귀비처럼 까맣게 기름졌다. 그리고 조금 낮은 곳에는 여러 가지 잡초가 우거져 가슴 높이까지 자라나 있었다.

촌장은 여우털 모자를 벗어 땅에 내려놓았다.

「그럼, 여기가 출발점입니다. 이곳에서 출발해서 바로 이곳으로 돌아오는 겁니다. 그렇게 돌아온 곳 모두가 당신의 땅입니다.」

바흠은 삽을 들고 출발준비를 했다. 그는 어느 쪽으로 가야 할지를 고심해서 생각했다. 어느 쪽이나 다 훌륭한 땅이었기 때문이다. 그래서 그는 동쪽을 향하여 제자리걸음을 하면서 해가 떠오르기만을 기다렸다.

〈일 분도 헛되이 할 순 없어. 조금이라도 서늘할 때 걷는 것이 편하겠지.〉

바흠은 해가 뜨자 언덕을 내려갔다. 그는 조급하게 서두르지도 그렇다고 느리지도 않게 걷기 시작했다. 1베르스타쯤 가서 걸음을 멈추고 삽으로 구덩이를 판 다음 눈에 잘 띄도록 잔디를 몇 단 넣어두었다. 그리고 다시 앞으로 나갔다. 걷다 보니 자연히 걸음이 빨라졌다. 조금 더 가서 또 다른 구덩이를 팠다.

한참을 가다가 바흠은 뒤를 돌아보았다. 언덕은 햇볕을 받아 환히 바라다보였고 그 위로는 사람들이 서 있었다. 마차의 쇠바퀴가 눈부시게 반짝이고 있었다. 바흠은 이쯤 되면 5베르스타쯤 걸어왔다고 생각했다. 차차 몸이 더워지자 조끼를 벗어 어깨에 걸치고는 다시 걸음을 재촉했다. 날씨는 점점 더 무더워져 왔다. 태양의 위치로 봐서는 벌써 아침식사를 할 시간이었다.

「겨우 4분의 1을 왔다는 건가, 아직 방향을 돌리기엔 이른 감이 있지. 그런데 장화는 벗어버릴까.」

그는 앉아서 한숨을 돌린 후 장화를 벗어 허리에 묶고는 다시 앞으로 걸어갔다. 신발을 벗으니 한결 걷기 수월했다. 그래서 생각했다.

「좋아, 이 정도면 5베르스타쯤 더 가서 왼쪽으로 돌아야지. 여기 땅은 상당히 좋아서 포기하기는 아깝단 말이야.」

그는 계속 앞으로 걸어갔다. 뒤돌아보니 이제 언덕은 거의 보이지 않았고 사람들도 개미처럼 까맣게 보여 무언가 반짝이고 있는 듯했다.

「됐어, 이제 이 정도면 충분해. 이쯤에서 방향을 돌려볼까? 게다가 땀도 많이 흘렸으니 목이 타는군.」

그는 멈춰 서서 큰 구덩이를 파고 잔디를 넣고는 물통을 꺼내 물을 마신 뒤 그곳에서 왼쪽으로 방향을 돌렸다. 그리고는 다시 걸었는데 가면 갈수록 풀은 무성하게 자라 있고 몸은 점점 더워져왔다. 바흠은 피곤이 몰려왔다. 태양을 보니 정오였다.

「이쯤에서 한숨 돌리자.」

그는 잠시 쉬면서 물과 빵을 먹었다. 그리고는 다시 걷기 시작했다. 처음 얼마간은 빵을 먹어서인지 편하게 걸었다. 하지만 더위가 기승을 부리자 졸음이 몰려왔다. 그래도 그는 계속 걸으며 생각했다.

「한 시간의 고통으로 평생을 편하게 사는 거야.」

그는 계속해서 같은 방향으로 걸어갔다. 다시 왼쪽으로 돌려고 보니, 바로 앞에 습기 찬 땅이 있었다. 그 땅 역시 그냥 지나치기엔 너무 아깝다는 생각이 들었다. 그래서 다시 앞으로 나갔다. 습지를 얻고는 땅을 파고 그곳에 두 번째의 모퉁이를 만들었다. 그리고는 바흠은 언덕을 보았다. 더운 기운 때문인지 아른거리기만할 뿐 아무것도 보이지 않았다.

「좋아. 이쪽은 길게 잡았으니, 이번에는 조금 짧게 잡아야겠군.」

이리하여 세 번째 방향에서는 걸음을 재촉했다. 해는 벌써 서쪽으로 넘어가고 있었다. 겨우 2베르스타 정도 왔을 뿐 출발점으로부터는 아직 15베르스타나 남았다.

「이젠 안되겠는걸, 땅이 꼬불꼬불해서 곧 서둘러야 되겠어. 땅은 이걸로 충분하니까 더 욕심을 부려서는 안돼.」

바흠은 서둘러 구덩이를 파고 곧바로 언덕을 향했다

바흠은 곧장 언덕을 향해 걸었지만, 서서히 지쳐왔다. 몸은 땀으로 흠뻑 젖었고 맨발은 긁히고 찢긴 상처투성이에다 힘이 빠져 제대로 걸을 수가 없었다. 이러다가는 해가 지기 전까지 도착할 수도 없을 것 같았다. 태양은 자꾸만 기울어 갔다.

〈아…… 너무 욕심을 부린 게 아닐까? 만일 제시간에 못 가면 어떡하지?〉

바흠은 걸음을 재촉했다. 힘들었지만 멈추지 않고 서둘렀다. 하지만 가도가도 끝이 보이지 않았다. 그러자 뛰기 시작했다. 조끼도 장화도 물통도 모자도 모두 벗어던지고 오로지 삽만을 지팡이 삼아 달렸다.

〈아…… 내가 욕심이 지나쳤어. 이제 모든 게 끝이야. 해지기 전까지는 닿을 수도 없겠어.〉

이런 생각이 들자 더욱 숨이 가빠왔다. 바흠은 그저 뛰었다. 셔츠와 바지도 땀 때문에 몸에 달라붙었고 입은 바짝바짝 타 들어갔다. 가슴은 대장간의 풀무처럼 부풀어오르고 심장은 망치로 못 박 듯이 두근거렸으며 다리는 남의 다리처럼 흐느적거렸다. 바흠은 금방이라도 쓰러질 것만 같았다.

「이러다 죽는 건 아닐까.」

죽는 것은 무서웠지만 여기서 멈출 수는 없었다.

〈그렇게 뛰어다니다가 지금 와서 그만 둔다면 다들 날 바보라고 하겠지.〉

그리고는 계속 뛰었다. 가까이까지 가니 언덕 위에서 바흠을 향해 외치는 사람들의 소리가 들렸다. 그러자 그 외침 때문에 그의 심장은 더욱 격렬해지고 마지막 힘을 다해 뛰었지만, 태양은 벌써 지평선에 기울어 있었다. 바흠은 언덕 위에서 그를 향해 손을 흔들며 재촉하는 사람들을 보았다. 땅바닥에 놓인 털모자도 보였고 양손으로 배를 움켜쥐고 땅바닥에 앉아 있는 촌장의 모습도 눈에 들어왔다. 그러자 바흠은 어젯밤 꿈이 떠올랐다.

「땅은 많이 차지했지만, 하느님이 나를 그 땅에서 살게 하실까? 내가 나를 망쳤다. 도저히 저기까지 뛸 수가 없어…….」

바흠은 태양을 올려다보았다. 해는 이미 땅에 떨어져 가라앉았고, 한쪽은 아치형이 되어 있었다. 바흠은 마지막 힘을 다해서 몸을 넘어질 듯이 앞으로 내딛었다. 하지만 이미 태양은 지고 말았다. 바흠은 절규했다.

〈아! 내 고생도 수포로 돌아갔군.〉

그가 모든 것을 포기하고 멈추려는 순간 바시키르인들이 뭔가 외치는 소리가 들렸다. 문득 생각을 해보니 아래쪽에 있는 그에게는 해가 저문 것처럼 느껴지지만, 언덕 위에서 볼 때는 아직 해가 다 저물지 않았을 것이다. 바흠은 힘을 내서 언덕으로 뛰어갔다. 언덕 위는 아직 밝았다. 바흠은 도착과 동시에 모자를 보았다. 촌장은 모자 앞에 앉아서 양손으로 배를 쥐고는 불길하게 웃고 있었다. 바흠은 꿈을 떠올리고 비명을 질렀다. 순간 다리가 오그라들면서 그의 앞에 쓰러졌다. 바흠은 쓰러지면서도 모자를 움켜쥐었다.

「참으로 훌륭하오, 당신은 진짜 좋은 땅을 차지했소.」

바흠의 하인이 달려와 그를 일으키려 했지만, 그의 입에서는 피가 줄줄 흐르고 있었다. 그는 그렇게 쓰러져 죽은 것이었다. 하인은 삽을 들고 바흠의 무덤을 판 뒤 그곳에 그를 묻었다. 머리에서부터 발끝까지 그가 차지할 수 있었던 땅은 정확히 2미터 가량밖에 되지 않았다.

바보 이반

옛날 어느 나라에 한 부유한 농부가 살고 있었다. 그 부유한 농부에게는 세 명의 아들, 즉 군인인 세몬과 배불뚝이 타라스와 바보 이반 그리고 태어날 때부터 귀머거리이자 벙어리인 말라냐라고 하는 딸이 있었다. 군인인 세몬은 임금님에게 봉사하기 위해 전쟁터에 나갔고 배불뚝이 타라스는 장사를 하기 위해 마을의 상인에게 갔지만, 바보 이반은 여동생과 함께 남아서 몸이 가루가 될 정도로 일을 했다.

군인인 세몬은 높은 벼슬과 많은 땅을 얻고 귀족의 딸과 결혼을 했다. 그는 수입도 좋고 많은 땅도 가지고 있었지만 언제나 수지가 맞지 않았다. 왜냐하면 세몬이 아무리 많은 돈을 가져다주어도 사치가 심한 아내가 다 써버렸기 때문에 항상 돈이 남아 있질 않았다. 그래서 세몬은 도지세를 거두러 소작인들을 찾아갔다. 그러자 관리인은 그에게 이렇게 말하는 것이었다.

「돈이 나올 구멍이 있어야지요. 우리에겐 가축도 없고 농기구도 없고 말도 소도 쟁기도 뭐하나 있는 게 있어야지요. 우선 무엇보다 그런 것들이 갖춰져야 돈이 생기든지 하지요.」

그래서 군인인 세몬은 아버지를 찾아가 말했다.

「아버지, 아버지는 재산이 많으시면서도 저에겐 무엇 하나 주시지 않으셨습니다. 저에게 가지고 계신 재산의 3분의 1을 주십시오. 그러면 제 소유로 이전하겠습니다.」

그러자 노인이 말했다.

「네가 이 집을 위해서 한 것은 아무것도 없다. 그런데 어떻게 너에게 3분의 1씩이나 줘야 해? 그렇게 되면 이반과 네 여동생이 좋아하지 않을 게다.」

세몬은 말했다.

「이반은 바보잖아요. 게다가 말라냐도 귀머거리에다 벙어리예요. 그런 재들에게 뭐가 필요하겠어요?」

노인은 말했다.

「그러면 어디 한번 이반이 뭐라고 하는지 들어보자.」

그러자 이반은 이렇게 말했다.

「전 상관없어요. 드리세요.」

군인인 세몬은 재산을 받아 자신의 명의로 이전한 다음 다시 임금님을 섬기기 위해 돌아갔다. 배불뚝이 타라스도 그 동안 많은 돈을 벌었지만 그 역시 불만이 많았다. 그래서 그도 아버지에게 찾아가서 이렇게 말했다.

「저에게도 제 몫을 나눠주십시오.」

그러나 노인은 타라스에게도 주고 싶은 마음이 없었다.

「네가 가족을 위해서 한 게 뭐가 있냐? 지금 집에 있는 것

은 전부 이반이 벌어들인 것이다. 나는 이반과 말라냐를 서운하게 하고 싶지는 않다.」

그러자 타라스가 말했다.

「저런 바보 같은 녀석에게 뭐가 필요하겠어요. 이반은 장가도 갈 수 없을 겁니다. 어떤 여자가 바보에게 시집을 오겠어요. 벙어리 말라냐도 마찬가지죠. 그애에게 필요한 게 뭐가 있겠어요. 그렇지, 이반? 이반, 내게 곡식을 절반만 다오. 난 농기구 같은 건 필요 없지만 가축 중에 회색 종마 한마리는 다오. 저 말은 농사짓는 데 필요한 것도 아니잖아.」

이반은 빙그레 웃었다.

「좋아요. 제가 가서 나눠드릴 게요.」

그렇게 해서 타라스도 제 몫을 받았다. 타라스가 곡식을 시장으로 가지고 가고 회색 종마도 끌고 갔기 때문에 이반은 이전처럼 늙은 암말로만 농사를 지어 부모를 봉양했다.

두목 도깨비는 이들 형제가 재산분배로 싸움도 않고 사이좋게 헤어진 것이 화가 나 참을 수 없었다. 그래서 그는 작은 도깨비 셋을 불렀다.

「자, 보거라. 저기 삼형제가 있지. 군인인 세몬과 배불뚝이 타라스와 바보 이반말이야. 난 저 녀석들에게 싸움을 걸어야겠는데 모두 사이좋게 지낸단 말이야. 싸움은커녕 서로 도와가며 살고 있어. 특히 저 바보 같은 놈이 내 일을 망치고 있어. 지금부터 너희 셋은 저 녀석들에게 붙어서 무슨 방법을 써서라도 서로 눈을 부릅뜨고 싸우게 해봐. 어때, 할 수 있겠어?」

「있고 말고요」라며 세 도깨비가 대답했다.

「그럼, 어떻게 할 작정이지?」

「우선 저들을 쫄쫄 굶을 정도로 가난하게 만드는 겁니다. 그러고 나서 셋을 한 곳에 모이게 합니다. 그러면 틀림없이 싸움을 하게 될 것입니다.」

「그거 좋은 생각이다. 너희들이 해야 할 일을 잘 알고 있구나. 자, 빨리 떠나거라. 그리고 셋의 사이를 휘저어놓기 전에는 돌아올 생각을 말거라. 만약 그 일에 실패하면 네놈들의 가죽을 벗겨버릴 테다.」

작은 도깨비들은 숲속에 들어가 장차 어떻게 할 것인가를 의논하기 시작했다. 서로 쉬운 일을 맡겠다고 실랑이를 벌인 끝에 결국 제비뽑기로 정하기로 했다. 그리고 먼저 일을 끝낸 자가 일이 남아 있는 쟈를 돕기로 했다. 작은 도깨비들은 제비를 뽑고 나서 언제 다시 이곳에서 만날 것인지를 정하고, 누가 누구를 도와주러 갈 것인지는 그날 봐서 정하기로 했다. 그리하여 작은 도깨비들은 저마다 맡은 일에

충실할 것을 다짐하고 헤어졌다.

마침내 약속한 날이 오자 작은 도깨비 셋은 약속대로 숲에 모였다. 그리고는 자기가 처리한 일에 대해서 설명하기 시작했다. 먼저 군인인 세몬에게서 돌아온 도깨비가 얘기하기 시작했다.

「내일 세몬 녀석은 제 아버지에게 달려가게 될 거야.」

두 친구가 물었다

「그래? 어떤 식으로 했는데?」

「내가 말야, 우선 세몬에게 쓸데없는 용기를 불어넣고 임금님에게 전 세계를 정복하겠노라고 선언하게 만들었지. 그래서 임금님은 세몬을 대장으로 임명하고 인도임금을 정복하라고 보낸 거야. 하지만 내가 그날 밤 세몬의 군대에 들어가 화약을 전부 물에 적셔놓고는 인도임금에게 달려가서 짚으로 허수아비 군사를 무수하게 만들어놨지. 녀석의 군사들은 사방에서 짚으로 된 군사들이 몰려드는 것을 보고 순식간에 꼬리를 내리더라고. 세몬은 공격하라고 명령했지만 대포든 총알이든 쏘아야 말이지. 세몬군은 놀라서 양떼들처럼 달아났어. 그때 기회를 놓칠세라 인도임금이 그들을 추격했어. 세몬은 싸움에서 지고 돌아오자 재산마저 압류 당하고는 내일 사형되게 되어 있지. 그러니까 나는 하루 더 일하는 게 남아 있을 뿐이야. 녀석을 집으로 돌려 보내기 위해서 감옥에서 도망칠 수 있게 해줬지. 그러면 내일이면 완전히 끝낼 수 있으니까. 누구든지 내 도움이 필요한 사람은 말하게.」

바보 이반

그러자 타라스에게서 온 도깨비도 자신의 성과에 대해 말을 했다.

「나도 특별히 도움 받을 일은 없어. 내가 하는 일도 잘돼 가고 있거든. 타라스 녀석도 이제 일 주일도 못 버틸 걸. 난 우선 그 녀석을 지독한 욕심쟁이로 만들었지. 그래서 남의 재산까지도 탐내고 뭐든 보이는 건 모조리 사야 직성이 풀 리는 욕심쟁이가 되어버렸지. 녀석은 돈이 있는 대로 다 사 들이는 모양이야. 요즘 들어선 빚까지 얻어서 사들이고 있 지. 하지만 너무 사대는 바람에 어떻게 처리해야 좋을지 모 를 정도에 이르렀지. 게다가 일 주일만 있으면 빚을 갚을 기 간이 지나버리는데 그 동안에 내가 녀석의 물건을 전부 거 름으로 만들어버렸거든. 그러면 녀석은 빚을 갚을 수 없게 되어 제 아버지에게 가게 된다는 거지.」

그리고는 이반에게서 돌아온 작은 도깨비에게 물었다.

「그런데, 네가 맡은 일은 어떻게 됐어?」

「그게 말야. 사실은 일이 잘 풀릴 것 같지 가 않아.」

「난 녀석의 배를 아프게 해주려고 우선 쿠어스를 넣어두는 병 속에 침을 잔 뜩 뱉어놓았어. 그리고는 밭으로 가서 녀석이 손을 다치도록 땅을 돌처 럼 딱딱하게 만들었지. 이쯤 되면 녀석도 밭을 갈지 못하겠 지 했는데 근데 저 바보 같은 놈이 쟁기를 가지고 나와서 밭을 갈기 시작하는 거야. 배가 아파서 끙끙 앓으면서도 멈추지 않고 말이야. 그래서 나는 녀석의 쟁기를 부러뜨려 줬지. 그러자 집으로 가서 다른 쟁기를 가지고 와서는 다시 밭을 갈기 시작하는 거야. 난 땅 밑으로 들어가 쟁기머리를 누르려 해보았지만 도무지 붙잡혀야 말이지. 녀석은 쟁기를 눌러대고 쟁기날은 날카로워서 결국 손만 베고 말았어. 그러다 보니 밭은 거의 다 갈아버리고 이제 마지막 한 고랑만 남아 있어. 그러니 친구들, 날 좀 도와주게나. 만일 저 녀석을 해치우지 못하면 우리들의 임무는 모두 허사가 되고 말잖아. 만일 저 바보가 농사를 계속 지으면 아마도 제 형들을 먹여 살릴 거야.」

그래서 군인인 세몬을 맡았던 작은 도깨비가 내일부터 도와주러 가기로 약속을 하고 작은 도깨비들은 일단 헤어졌다.

3

이반은 묵혔던 밭을 거의 다 갈아서 이제 한 고랑만 남게 되었다. 그래서 그걸 마저 갈아버리기 위해 말을 끌고 나갔다. 그는 배가 아파 어쩔 줄 몰랐지만, 일을 멈출 수는 없었다. 말고삐를 한 번 내리치고는 밭을 갈기 시작했다. 고랑끝까지 되돌아오는데 마치 나무뿌리에 걸린 것처럼 뭔가가 세게 당기고 있는 거였다. 그건 작은 도깨비가 쟁기부리에 달라붙어 단단하게 누르고 있었기 때문이었다.

〈이상하다. 이곳에 나무뿌리 같은 건 없는데…….〉

이반은 땅 속에 손을 집어넣었다. 그러자 뭔가 부드러운 것이 손에 닿았다. 그는 그걸 잡고 밖으로 끌어냈다. 그것은 나무뿌리 같은 검은 물체였는데, 자세히 보니 도깨비였다.

「에, 요놈 봐라. 이런 고약한 놈이 있나!」

이반은 이렇게 말하고는 한번 돌려서 그걸 쟁기부리에 던져버리려 했다. 그러자 도깨비가 숨 넘어가는 소리로 말했다.

「제발 살려주세요. 그 대신 뭐든 시키는 대로 하겠습니다.」

「그래? 그럼 네가 할 수 있는 일이 뭔데?」

「뭐든지 원하시는 걸 말씀해 주세요.」

이반은 잠시 머리를 긁적였다.

「내가 몹시 배가 아픈데, 낫게 할 수 있어?」

「물론이죠.」

「그래? 그럼 고쳐보게.」

작은 도깨비는 몸을 구부리고는 손으로 이곳저곳을 뒤져가며 무언가를 찾더니만 이윽고 작은 줄기가 셋 달린 조그만 풀뿌리를 뽑아 이반에게 주었다.

「여기 있습니다. 이 뿌리 하나만 먹으면 어떤 병이라도 금방 낫습니다.」

이반은 그걸 받아들고 뿌리 하나를 뜯어 씹어 삼켰다. 그러자 감쪽같이도 배의 통증이 사라졌다. 작은 도깨비는 다시 애원하기 시작했다.

「이제, 제발 저를 놓아주십시오. 땅 속으로 들어가 절대로 나오지 않겠습니다.」

「좋아, 그럼 놓아주지. 잘 가게나.」

이반의 말이 채 끝나기도 전에 작은 도깨비는 물 속에 던져진 돌처럼 땅 속으로 사라지고 그곳에는 그저 구멍 하나가 남아 있을 뿐이었다. 이반은 남은 풀뿌리를 모자에 쑤셔 넣고 마지막 남은 고랑을 마저 갈고는 쟁기를 엎어놓고 집으로 돌아왔다. 말을 풀어놓고 집으로 들어가니 군인인 세몬형이 아내와 함께 앉아서 저녁을 먹고 있었다. 그는 재산을 몰수 당하고 감옥에서 가까스로 도망쳐나와 아버지에게 얹혀 살 요량으로 달려온 것이었다. 세몬은 이반을 보자 이렇게 말했다.

「너한테 신세 좀 지러 왔다. 새로 일자리가 생길 때까지 나와 아내를 먹여 살려다오.」

「좋다마다요. 언제까지 여기 계셔도 돼요」라고 이반은 말했다.

그런데 이반이 의자에 앉으려고 하자, 이반에게서 나는 고약한 냄새가 형의 아내에겐 거슬렸다. 그래서 그녀는 남편에게 말했다.

「전 이렇게 냄새가 나는 농부와 함께 식사 못하겠어요.」

세몬이 말했다.

바보 이반

「네 형수가 너에게서 나는 냄새가 싫다고 하니 문간에서 먹으면 안되겠니?」

「그러죠 뭐. 안 그래도 밤일하러 나갈 시간이에요. 말 먹이도 줘야 하고…….」

이반은 빵과 옷을 들고 밤일을 하러 나갔다.

군인인 세몬을 맡은 도깨비는 그날 밤 일을 마치고 약속한 대로 이반을 괴롭히는 일을 돕기 위해 이반을 맡고 있는 도깨비를 찾아왔다. 그래서 밭으로 나가 한참 동안 친구를 찾아보았으나 어디에도 친구의 모습은 보이지 않고, 다만 구멍이 하나 뚫려 있는 것만 발견했다.

〈어, 아무래도 뭔가 좋지 않은 일이 생긴 모양이군. 할 수 없다. 대신 내가 맡을 수밖에. 벌써 밭갈이는 끝났으니, 이번에는 풀밭으로 가 저 바보를 골탕 먹이는 수밖에 없겠군.〉

도깨비는 풀밭으로 가서 이반의 풀밭에 큰물이 들게 했다. 그래서 풀이라고 하는 풀은 전부 진흙탕에 잠겨버리고 말았다. 이반은 밤새 가축을 돌보는 일을 마치고 새벽녘이 돼서야 돌아와 낫을 들고 밭으로 나갔다. 낫을 들고 풀을 베

바보 이반

기 시작했는데 어째 날이 무뎌졌는지 잘 베어지지 않았다.

「안되겠군. 집에 가서 숫돌을 가져와야지. 가는 김에 빵
도 큰 걸로 가져와야겠어. 설령 일 주일이 걸린다 해도 풀을
다 베기 전까지 이곳을 떠나지 않을 테다.」

도깨비는 그 소리를 듣고 생각했다.

〈이 바보는 정말 골치 아픈 놈이군. 이 정도로는 안되겠
는데. 뭔가 다른 방법을 생각해야겠어.〉

이반은 집으로 돌아와 낫을 갈고는 다시 풀을 베기 시작
했다. 도깨비는 풀 속에 숨어 들어가 낫에 달라붙어 날끝을
땅 속으로 처박기 시작했다. 이반은 허리가 부러질 듯이 힘
들었지만 가까스로 거의 다 베고 늪에 있는 한 줄만 남겨놓
았다. 도깨비는 늪으로 들어가 생각했다.

〈이번에야말로 손가락이 잘리는 한이 있더라도 풀을 베
게 할 수는 없어.〉

이반은 늪지로 들어갔다. 보기에는 풀이 그다지 억세 보
이지 않았는데 어쩐지 낫이 말을 듣지 않았다. 이반은 약이
올라 있는 힘을 다해 힘껏 낫을 휘두르기 시작했다. 도깨비
는 도저히 자신의 힘으로는 배겨낼 수가 없었다. 휘둘러대
는 낫을 피할 겨를도 없을 정도여서 이젠 안되겠다고 생각
하고 덤불 속으로 숨어버렸다. 그런데 이반이 큰 낫을 마구
휘둘러 덤불을 치는 바람에 도깨비의 꼬리가 반쯤 잘려버렸
다. 이반은 풀을 전부 베고 나서 여동생에게 그것을 긁어모
으라고 일러놓고는 자신은 라이보리를 베러 갔다.

이반이 갈고랑이 낫을 가지고 갔을 때는 이미 꼬리가 잘
린 도깨비가 벌써 먼저 와서 라이보리를 마구 짓밟아놓았기
때문에 갈고랑이 낫으로는 도저히 벨 수가 없었다. 이반은
집으로 가서 다른 낫을 가지고 와서 베기 시작했다. 그리하
여 라이보리마저도 다 베고 말았다.

「자, 이번에는 귀리를 베어야겠다」라고 그가 혼잣말을 하
자 꼬리가 잘린 도깨비는 그 말을 듣고 생각했다.

〈이번에야말로 진짜 골탕을 먹여야겠군. 뭔가 확실히 보
여주지. 내일 아침에 두고 보자.〉

도깨비는 그 다음날 아침 귀리밭에 가보았더니 어찌된
일인지 이미 귀리가 전부 베어져 있는 것이었다. 이반이 귀
리알이 떨어지는 것을 막기 위해 이미 밤에 베어버리고 만
것이다. 도깨비는 더욱 약이 올랐다.

〈저 바보 녀석은 내 꼬리를 잘라놓은 것도 모자라 이젠
나를 골탕 먹이는군. 전쟁에서도 이처럼 힘든 적은 없었어.
어떻게 된 놈이 밤에도 자지 않으니 당해 낼 수가 있나. 이
번에야말로 보릿더미에 들어가 전부 썩히고 말 테다.〉

그래서 도깨비는 보릿더미가 있는 곳으로 가서, 보릿단
속으로 들어가 썩히기 시작했다. 그런데 보릿단을 따뜻하게
하는 사이 그 따뜻한 열기에 자신도 모르게 그냥 잠이 들어
버렸다. 이때 이반이 말을 마차에 연결하고 동생과 함께 보
릿단을 옮기려 왔다. 보릿더미에 다가가서 그것을 짐수레에
쌓기 시작했다. 두 단째를 던져 올리고 꾹꾹 누르는데 공교

롭게도 바로 잠들어 있던 도깨비의 등을
누르게 되었다. 감촉이 이상해 보릿단을
들어보니, 꼬리 잘린 도깨비가 손끝에
매달려 발버둥을 치면서 도망치려 하고 있었다.

「어라, 이놈 봐라. 웬놈이냐! 네놈이 또 다시 왔겠다!」

「아닙니다. 지난번에는 제 친구였습니다.」

「그래? 네가 어떤 놈이든 똑같이 혼을 내줘야겠어!」

이렇게 말한 이반은 도깨비를 밭이랑에 내리치려 하자
도깨비가 사정하기 시작했다.

「제발 용서해 주십시오. 절대 다시 나타나지 않겠습니다.
저를 놓아주시면 당신이 원하시는 것은 무엇이든 들어드리
겠습니다.」

「그래? 대체 뭘 할 수 있는데?」

「저는 무엇을 가지고라도 군사로 바꿀 수 있습니다.」

「하지만, 그까짓 군사가 나에게 무슨 필요가 있지?」

「군사들은 당신이 원하는 것을 무엇이든 들어줍니다.」

「그럼, 노래도 할 수 있나?」

「할 수 있고 말고요.」

「그럼 좋아, 어디 한번 만들어보지.」

그러자 도깨비가 말했다.

「이 보릿단을 잡고요, 그 끝을 땅에 대고 흔들며 이렇게
말하면 됩니다. 〈내 종의 명령이다. 너희는 다발이 아니라,
보릿짚 수만큼 군사가 되어라〉라고요.」

이반은 다발을 들어 땅에 대고 흔들며 도깨비가 시키는 대로 해보았다. 그러자 보릿단은 뿔뿔이 흩어져 수많은 군사로 변하더니 기수와 나팔수가 앞장서서 북을 치고 나팔을 불었다. 이반은 웃음을 터뜨렸다.

「야, 이거 재미있는데. 이걸 보면 여자들이 좋아하겠는걸.」

「그럼, 이젠 저를 놓아주세요.」

「아니야. 보릿단으로 군사를 만들면 곡식을 버리게 되잖아. 그러니까 다시 원래대로 되돌리는 방법을 가르쳐 줘.」

그러자 도깨비가 말했다.

「이렇게 말하면 됩니다.〈내 종의 명령이다. 군사의 수만큼 곡식이 되어 다시 원래의 다발이 되어라!〉라고요.」

이반이 그대로 따라하자 원래의 다발로 돌아왔다. 도깨비는 다시 애원하기 시작했다.

「이제 제발, 저를 놔주세요.」

「그래, 좋아.」

이반은 그를 밭이랑 위에 내려놓고 갈퀴에서 풀어주었다.

「잘 가거라.」

이반의 말이 끝나기가 무섭게 도깨비는 땅 속으로 사라졌다. 그리고 그 자리에는 휑하니 구멍이 하나 남아 있었다.

이반이 집으로 돌아오자 집에는 둘째형인 타라스가 아내와 함께 저녁을 먹고 있었다. 배불뚝이 타라스는 빚 갚을 능력이 안되자 아버지한테로 도망쳐온 것이었다. 그는 이반을 보고 말했다.

「이봐, 이반! 내가 다시 장사를 시작할 때까지 집사람하고 나를 먹여 살려다오.」

「그러지요 뭐. 언제까지라도 좋아요.」

이반은 옷을 벗고 식탁에 앉았다. 그러자 둘째형의 아내가 말했다.

「전 바보하고 같이 밥을 먹는 건 딱 질색이에요. 냄새가 나서 견딜 수가 있어야지요.」

배불뚝이 타라스가 말했다.

「이반아, 냄새가 너무 고약하구나. 저기 문간에 가서 먹으면 안되겠니?」

「네. 그럴 게요.」

그리고는 제 몫의 빵을 들고는 밖으로 나왔다.

「그렇지 않아도 밤일을 나가야 할 시간이거든요. 말에게 먹이도 줘야 하고…….」

그날 밤 일을 마친 세 번째 도깨비는 약속대로 친구를 도와주려 즉, 이반을 골탕 먹이기 위해 타라스를 따라왔다.

도깨비는 밭으로 가서 친구를 찾아 돌아다녔지만, 아무도 없었고 그저 작은 구멍 하나를 발견했을 뿐이었다. 그래서 풀밭으로 가보니 늪에서 잘린 꼬리를 발견했다. 그리고 라이보리를 베어낸 곳에서도 똑같은 구멍을 발견했다.

〈아무래도 분명 친구들에게 나쁜 일이 생긴 게 틀림없어. 드디어 내가 대신 저 바보 녀석을 혼내줘야겠군.〉

도깨비는 이반을 찾으러 탈곡장으로 갔다. 그러나 이반은 벌써 들일을 마치고 숲속에서 나뭇가지를 치고 있었다. 두 형제와 같이 살기엔 집이 좁았기 때문에 두 형들은 이반에게 자기네가 살 집을 지어달라고 해서 집 지을 나무를 베러간 것이었다. 도깨비는 숲으로 달려가 나무에 올라가서 이반이 나무를 베어 넘어뜨리는 것을 방해하기 시작했다. 이반은 걸리적거리는 것이 없는 방향으로 나무를 넘어뜨리기 위해 필요한 만큼 밑동을 베어 쓰러뜨렸지만 이상하게도 나무는 엉뚱한 방향으로 쓰러져서 다른 나뭇가지에 걸리고 말았다. 이반은 지렛대를 만들어 여기저기로 방향을 틀어 겨우 나무를 쓰러뜨렸다.

이반은 다른 나무를 베기 시작했다. 그런데 역시 이번에도 같은 일이 일어났다. 몹시 힘들여 겨우 쓰러뜨리곤 세 번째 나무에 매달렸다. 하지만 그 역시 마찬가지였다. 처음 일을 시작할 때는 한 50그루쯤 벨 작정이었는데 10그루도 채 베지 못하고 벌써 날이 저물어왔다. 이반은 완전히 녹초가 되었다. 그의 몸에서는 숲속에 안개가 낀 것처럼 열기가 피

바보 이반

어올랐는데도 쉬지 않고 일을 했다. 그는 또 한 그루의 나무를 베었다. 그러자 등이 욱신욱신거리며 온몸의 힘이 다 빠져나갔다. 그래서 도끼를 나무 밑에 박아놓고는 잠시 쉬려고 앉아 있었다. 도깨비는 이반이 잠잠해진 걸 보고는 기뻐했다.

〈흥, 드디어 지쳐서 그만 두는군. 그럼 나도 한번 쉬어볼까?〉

도깨비는 나뭇가지에 올라앉아 내심 기뻐하고 있었다. 그런데 이반이 일어나 도끼를 한 번 쳐들더니 반대편에서 나무를 내리쳤다. 나무는 우지직, 소리를 내며 금방 갈라져 바닥에 털썩 쓰러졌다. 도깨비는 너무 갑작스럽게 당한 일이라 미처 피할 겨를도 없이 가지가 부러지는 바람에 그 틈에 발이 끼고 말았다. 이반은 도깨비를 발견하고는 깜짝 놀랐다.

「네 이놈! 이런 고약한 놈이 다 있나! 네가 다시 나타났겠다.」

「아뇨, 제가 아닙니다. 저는 당신의 둘째형한테 붙어 있었던 놈이에요.」

「글쎄, 네가 어디에 있었든 나한테는 마찬가지야.」

이반이 도끼를 들어올려 도깨비를 내려치려 하자 도깨비는 있는 힘을 다해 이반에게 애원을 했다.

「제발 절 치지 말아주세요. 당신이 원하는 건 뭐든지 해드릴 게요.」

「대체 어떤 일을 할 수 있는데?」

「당신이 원하는 만큼 얼마든지 돈을 만들어드릴 수 있습니다.」

「그래? 그럼 어디 한번 만들어봐!」

그러자 도깨비는 이반에게 이렇게 말하는 것이었다.

「이 떡갈나무 잎을 손에 들고 비벼보세요. 그러면 금화가 땅에 떨어질 겁니다.」

이반은 나뭇잎을 들고 비벼보았더니 정말로 금화가 쏟아지는 것이었다.

「야, 이거 재미있는데. 한가할 때 아이들 데리고 놀기에 안성맞춤이겠는걸.」

「이제, 저를 그만 놔주세요.」

도깨비가 말했다.

「그럼, 놓아주고 말고!」

이반은 지렛대로 나무를 들어 도깨비를 풀어주었다.

「잘 가거라.」

이반이 말했다. 그러자 그 말이 떨어지기가 무섭게 땅 속으로 자취를 감추었고 그 자리엔 그저 구멍만 횅하니 남았을 뿐이었다.

형제들은 따로 집을 지어 살게 되었다. 이반은 들일이 끝나자 음식을 만들어 형들을 초대했다. 그러나 두 형 모두 이반의 초대를 무시해 버렸다.

「우리는 농부들의 식사 같은 건 먹어본 적이 없어」라고 형들이 말했다.

그러자 이반은 마을 사람들을 초대해서 식사를 대접하고 자신도 먹고 즐겼다. 거나하게 술기운이 돌자 마을 길가의 춤판이 벌어진 곳으로 갔다. 이반은 그곳으로 다가가 여자들에게 말했다.

「날 칭찬해 주면 내가 지금까지 한번도 본 적이 없는 것을 보여주겠어.」

여자들은 웃음을 터뜨리더니 그를 칭찬해 주었다. 그리고는 이렇게 말했다.

「자, 이제 해준다는 걸 보여줘야죠.」

「지금 바로 가지고 올게.」

이반은 씨앗상자를 안고 숲으로 뛰어갔다. 여자들은 「어머 저 바보 좀 봐!」하고 비웃었다. 그리고 그 일은 잊어버렸다. 그런데 문득 돌아보니 이반이 뭔가로 가득 채운 씨앗상자를 가지고 쏜살같이 돌아오고 있었다.

「어때, 줄까?」

「그게 뭔데요? 어디 한번 줘봐요.」

이반은 금화를 한 줌 쥐고는 여자들에게 던져주었다. 그러자 갑자기 난리가 났다. 여자들은 금화를 서로 주우려고 나뒹굴고 농부들도 달려와 서로 다투듯 금화를 주웠다. 어떤 노파는 하마터면 밟혀 죽을 뻔했다. 이 광경을 지켜보던 이반은 껄껄 웃어댔다.

「싸우지 마요. 더 가져다줄 테니까.」

이렇게 말하고 다시 금화를 던지기 시작했다. 사람들은 계속 몰려왔다. 이반은 상자 안에 담긴 금화를 전부 던져버렸다. 그러자 사람들은 더 달라고 아우성을 쳤다. 그래서 이반이 말했다

「이게 다야. 다음에 또 줄게. 그것보다 이번엔 춤이야 춤. 노래도 좀 불러봐.」

여자들은 노래를 부르기 시작했다.

「당신들 노래는 재미가 없는데.」

이반이 말했다.

「그럼, 내가 보여주지」라고 말하고는 창고로 가서 보릿단 한 다발을 들고 그 씨앗을 털더니 그것을 세워놓고 흔들면서 말했다.

「내 종의 명령이다. 너는 다발이 아니라 보릿짚 수만큼 군사가 되어라.」

그러자 보릿단이 뿔뿔이 흩어지면서 군사로 변하더니 북

바보 이반

과 나팔을 연주하기 시작했다. 이반은 군사들에게 노래를 부르라고 명령하고 그들과 함께 길가로 나갔다. 마을 사람들은 눈이 휘둥그레졌다. 군사들에게 얼마간 노래를 시키고 나서 이반은 누구도 따라오지 못하게 하고는 군사들을 원래대로 짚단으로 만들어 풀더미 위에 던진 다음 집으로 돌아와 잠들어 버렸다.

다음 날 아침, 군인인 세몬이 소문을 듣고 이반을 찾아왔다.

「어디, 나한테 얘기 좀 해봐라. 도대체 너는 그 많은 군사들을 어디서 데리고 왔으며, 어디로 데리고 간 거지?」

「그걸 알아서 뭘 하시게요, 형님?」

「뭘 하겠냐고? 나야 군사만 있으면 뭐든지 할 수 있어. 나라를 얻을 수도 있단다.」

이반은 깜짝 놀랐다.

「예? 그럼 왜 진작 말하지 않았어요? 군사라면 얼마든지 만들어드릴 수 있는데. 운 좋게도 말라냐와 제가 보리를 잔뜩 털어놨거든요.」

이반은 세몬을 헛간으로 데리고 가서 이렇게 말했다.

「그럼, 군사를 만들어드릴 테니 그들을 전부 데리고 가서야 해요. 만일 그들을 두고 떠나면 하루 만에 온 마을의 먹을 게 동이 날 테니까요.」

이반은 세몬에게 틀림없이 군사를 데리고 간다는 다짐을 받고 군사를 만들기 시작했다. 그가 보릿단을 들고 탈곡장으로 가서 바닥에 내리치자 1개 중대가 생겼다. 또 한번 더 치니 또 1개 중대가 생겼다. 이렇게 해서 들판에 가득 찰 정도의 군사가 만들어졌다.

「어때요. 이만하면 됐죠…….」

세몬은 매우 기뻐하며 말했다.

「됐다. 이만하면 충분해. 고맙구나, 이반.」

「뭘요. 더 필요하시면 언제라도 말씀하세요. 얼마든지 만들어드릴 테니. 요즘은 보릿단이 흔하거든요.」

세몬은 곧 군대를 지휘해서 행렬을 갖추게 하고 전쟁터로 나갔다. 세몬이 떠나자 이번엔 배불뚝이 타라스가 이반을 찾아왔다. 마찬가지로 어제 일을 듣고 이반에게 부탁을 하러 온 것이었다.

「부디, 나한테 말해다오. 도대체 어디에서 금화를 가져온 거니? 만일 나에게 그만한 돈이 있다면, 그 돈으로 온 세계의 돈을 다 모을 수 있는데.」

이반은 깜짝 놀랐다.

「예? 정말요. 그러면 진작 말씀을 하시지 않고요. 형님이 원하는 만큼 만들어드릴 게요.」

타라스는 뛸 듯이 기뻤다.

「나는 씨앗상자로 세 상자만 있으면 돼.」

「네. 그렇게 해드리죠. 저와 함께 숲으로 가시죠. 하지만 잠깐만요, 말을 끌고 갑시다. 들고 오기가 무척 힘들 테니까요.」

그들이 숲에 도착하자, 이반은 떡갈나무를 모아서 잎을 문지르기 시작했다. 그러자 금화가 뚝뚝 떨어지는 것이었다.

「어때요, 이 정도면?」

타라스는 기뻐서 어쩔 줄을 몰랐다.

「이 정도면 충분해. 고맙다 이반.」

「뭘요. 이 정도는 얼마든지 만들어드릴 수 있어요. 더 필요하시면 언제든지 오세요. 나뭇잎은 아직 많이 있으니까요.」

배불뚝이 타라스는 말에다 금화를 가득 싣고는 장사를 하러 떠났다.

이렇게 해서 세몬은 전쟁터로 향했고 타라스는 장사를 시작했다. 세몬은 전쟁에서 승리하여 나라를 정복하고 타라스는 큰돈을 벌었다.

어느 날 이들 형제가 한자리에 모여 서로 허심탄회하게 이야기를 털어놓았다. 세몬은 어디서 군사를 얻었으며, 타라스는 누구한테 돈을 얻었는지를.

세몬이 동생에게 말했다.

「나는 나라를 얻어 잘 지내고 있지만 다만 한 가지 돈이 좀 부족해서 군사를 먹여 살리기가 힘들어.」

그러자 타라스가 말했다.

「저는 돈은 많지만 다만 곤란한 건 그걸 지킬 사람이 없다는 거예요.」

그러자 세몬이 말하길,

「그럼 우리 이반에게 가보자. 나는 군사를 더 만들어달라고 해서 그걸 너에게 줄 테니, 너는 내가 군사를 먹여 살리기 위해 필요한 돈을 녀석에게 만들어달라고 하는 거야.」

이렇게 해서 두 형제는 이반을 찾아갔다. 이반의 집에 도착하자 세몬이 말했다.

「이반아, 아무래도 군사가 좀 부족한데 다시 만들어줄 수 있니?」

이반은 고개를 내저었다.

「안돼요. 전 이제 더 이상 형님에게 군사를 만들어줄 수 없어요.」

「뭐라고? 만들어준다고 약속했잖아?」

「약속은 했지만 이제 더 이상 만들어줄 수는 없어요.」

「왜 만들어줄 수 없다는 거야, 이 바보 녀석아!」

「왜냐면 형님의 군사들이 사람을 쏴 죽였기 때문이에요. 제가 얼마 전에 길에서 밭을 갈고 있는데 웬 부인이 그 길로 관을 메고 가면서 통곡하고 있잖아요. 그래서 제가 물어봤죠 〈누가 죽었나 보죠〉라고. 그러자 그 여인이 말하길 〈세몬의 군사들이 내 남편을 죽였어요〉 하는 거예요. 저는 군사는 노래만 부르는 줄 알았는데 저들은 사람을 죽였어요. 그

래서 더 이상은 절대로 만들지 않을 거예요.」

이렇게 말한 이반은 더 이상 군사를 만들지 않았다. 타라스도 이반에게 돈을 더 만들어달라고 부탁하자 이반은 역시 고개를 저었다.

「전 이제 돈을 만들지 않겠어요.」

「뭐라고? 전에 약속했잖아?」

「약속했지만 더 이상 만들지 않겠어요.」

「왜 만들지 않는다는 거야, 이 바보 녀석아!」

「왜냐면, 형님이 그 돈으로 미하일로프네 암소를 빼앗았기 때문이에요.」

「어떻게 빼앗았다는 거야?」

「미하일로프에게는 암소가 있어서 그 집 아이들이 그 우유를 마시고 있어요. 그런데 얼마 전 아침에 그 아이들이 내게로 와서 우유를 달라고 졸라대는 거예요. 그래서 제가 아이들에게 〈너희 암소는 어떻게 했냐〉고 물었더니 아이들이 말하길 〈배불뚝이 타라스의 지배인이 와서 엄마에게 금화세 닢을 주자 엄마는 그 사람에게 암소를 주고 말았어요. 그래서 우리들은 더 이상 마실 우유가 없어요.〉 이렇게 말하지 뭐예요. 저는 형님이 금화를 장난감으로만 생각하고 있는 줄 알았는데 형님은 아이들에게서 암소를 빼앗아버렸어요. 이제 뭐라 한들 절대로 만들어주지 않을 거예요.」

이반은 좀처럼 고집을 꺾지 않았다. 두 형제는 할 수 없이 집으로 돌아갔다. 돌아가던 길에 그들은 어떤 방법으로 서로의 어려움을 도울 것인지에 대해 의논했다. 그러자 세몬이 말했다.

「그럼, 이렇게 하자. 네가 나에게 군대를 먹여 살릴 돈을 주면 나는 너에게 군대의 절반을 주는 거야. 네 돈을 지킬 수 있게 말이지.」

타라스도 동의했다. 그리하여 두 사람은 가지고 있는 것을 나누어 둘 다 잘 살게 되었다.

이반은 여전히 부모님을 모시고 벙어리 여동생과 함께 농사를 지으며 살았다.

그러던 어느 날, 이반의 집에 있는 늙은 개가 병이 들어 죽게 되었다. 이반은 개를 불쌍히 여겨 동생에게 빵을 받아 모자 속에 넣어가지고 가서 개에게 던져주었다. 그런데 모자의 뚫린 구멍에서 빵과 함께 조그만 풀뿌리 하나가 떨어졌다. 늙은 개는 빵과 함께 그 풀뿌리도 먹어버렸다. 그 풀뿌리를 먹자마자 갑자기 뛰어오르더니 장난을 치고 짖으며 꼬리를 흔들기도 했다. 병이 완전히 나은 것이다.

이반의 부모들은 그것을 보고 깜짝 놀랐다.

바보 이반

「어떻게 개의 병을 고쳤니?」

그러자 이반이 말했다.

「저는 어떤 병이라도 고칠 수 있는 풀뿌리를 두 개 가지고 있었는데 개에게 그 중 한 뿌리를 먹였어요.」

바로 그 무렵 임금의 딸이 병을 얻어서 임금은 방방곡곡에 방을 붙여 누구든지 공주의 병을 고치는 자에게는 큰상을 내릴 것이며, 만일 그 사람이 총각이라면 공주와 결혼을 시켜주겠다고 했다. 이반이 사는 마을에도 그 방이 붙었다. 이반의 부모는 아들에게 말했다.

「너도 임금님께서 내린 방에 대해 들었겠지? 너는 모든 병을 고칠 수 있는 풀뿌리를 가지고 있잖니. 우선 가서 공주의 병을 고쳐주거라. 그러면 평생 영화를 누리게 될 게 아니냐.」

「네. 그러죠, 뭐.」

이반이 말했다. 그리고는 곧 떠날 준비를 했다. 그는 부모님에게 좋은 옷을 얻어 입고 집을 나서는데 문 앞에서 손이 굽은 여자 거지가 서 있는 것을 발견했다.

「전, 당신이 병을 고칠 수 있다는 소문을 듣고 왔습니다. 제발 저의 손을 고쳐주세요. 이대로는 혼자 신발도 신을 수 없어요.」

이반이 말했다.

「그러죠, 뭐.」

그리고는 풀뿌리를 꺼내서 그 거지에게 먹였다. 그 거지가 그걸 씹어 삼키자 금세 병이 나아 손을 흔들 수 있게 되었다. 이반의 부모는 이반을 임금에게 보내려고 했는데 하나 남은 풀뿌리를 거지에게 줘버린 사실을 알고는 이반에게 마구 욕설을 퍼부었다.

「이 얼빠진 놈아! 그래 거지 따위는 가엾고 공주님은 불쌍하지도 않냐?」

그러자 이반은 공주도 가엾게 생각됐다. 그는 수레에 말을 연결시킨 후 짚을 가득 싣고는 그 위에 타고 떠나려 했다.

「도대체 어디 가니, 이 바보 녀석아.」

「공주님의 병을 고치러 가요.」

「넌 이제 병을 고칠 풀뿌리도 없잖아?」

「걱정하지 마세요.」

그리고는 말을 몰아 궁전에 도착해서 문 앞에 내려섰는데 그 순간 공주의 병이 나아버렸다. 임금님은 기뻐하며 이반을 불러 그에게 좋은 옷을 입혔다.

「자, 지금부터 그대는 나의 사위이니라.」

「황공하옵니다.」

그리하여 이반은 공주와 결혼을 했다. 그리고 임금님은 얼마 되지 않아 세상을 떠났다. 그래서 이반이 임금의 자리에 올랐다. 이로서 세 형제가 모두 임금이 된 것이었다.

9

세 형제는 각자 능숙하게 나라를 다스렸다.

장남인 형 세몬은 그야말로 호화스러운 생활을 하고 있었다. 그는 짚으로 만든 군사를 토대로 진짜 군사를 모집했다. 그리고 전국에 명을 내려서 열 집에 한 명씩 군사를 모집했는데, 군사들은 모두 키가 크고 하얀 피부에 잘생긴 사람으로 골랐다. 그는 이런 군사를 많이 모집하고는 모두 잘 훈련시켰다. 그리고 누구든지 자신을 거역하는 자가 있으면 바로 이 군사들을 내보내서 자신에게 복종하도록 했다. 그래서 모든 사람들은 그를 두려워하게 되었다.

그의 생활은 그야말로 휘황찬란했다. 갖고 싶은 것, 그의 눈에 들어온 것은 모조리 그의 것이 되었다. 군사만 동원하면 그것이 무엇이든 그가 바라는 것을 손에 넣을 수 있었다.

배불뚝이 타라스의 생활도 호화롭기는 마찬가지였다. 그는 이반으로부터 얻은 돈을 낭비하지 않고 그것을 밑천으로 삼아 많은 재산을 모았다. 그 역시 자신의 나라에 그럴 듯한 법률을 제정해 놓고 백성들로부터 세금을 받아냈다. 인두세, 통행세, 마차세, 짚신세, 각반세, 심지어 복장세까지 거둬들였다. 백성들은 돈이 필요했기 때문에 돈이 될 만한 것은 무엇이든 그에게 가지고 왔고 그마저도 없는 사람은 노역을 해서 세금을 때우기도 했다.

바보 이반의 생활도 역시 나쁘지 않았다. 그는 임금님의 장례를 마치자마자 임금옷을 벗어서 왕비에게 옷장에 넣어 두라고 하고는 다시 삼베옷에 짚신을 신고 일을 했다.

「도무지 따분하고 답답해서 견딜 수가 없어. 점점 배만 나오고 제대로 먹을 수가 있나 마음대로 잘 수가 있나.」

그리고 부모님과 벙어리 여동생을 불러오고는 다시 옛날 처럼 들에 나가 일을 시작했다. 사람들은 그에게 이렇게 말 했다.

「하지만 당신은 임금님이 아니십니까?」

「상관없어. 임금도 일을 해야지.」

신하들이 그의 앞에 와서 말했다.

「저희들에겐 녹봉을 지불할 돈이 없습니다만.」

「걱정할 것 없소! 돈이 없으면 주지 않으면 그만이잖소.」

「그러면 아무도 일을 하지 않게 됩니다.」

「좋을 대로 하라지 뭐. 일하지 않아도 좋아. 그러면 오히 려 각자 알아서 일하게 될 거야. 모두들 거름이나 가져오라 고 해. 그 자들이 거름을 잔뜩 만들어놓았을 테니.」

이번에는 백성들이 이반에게 재판을 해달라고 찾아왔다. 한 사람이 말했다.

「저 남자가 제 돈을 훔쳤습니다.」

그러자 이반이 말했다.

「그래? 좋아, 좋아! 그러니까 돈이 필요했

단 말이지.」

그러는 동안 백성들은 점점 이반이 바보라는 걸 알게 되었다. 그래서 왕비는 그에게 말했다.

「모두들 당신을 바보라 하옵니다.」

「그래요? 괜찮소. 걱정 말아요.」

왕비는 생각하고 또 생각했다. 그러나 그녀 역시도 바보였다.

「제가 어떻게 남편 말씀을 거역할 수 있겠어요. 바늘이 가는 곳에 실도 따라가야지요!」

그녀도 이렇게 말하고 왕비의 옷을 벗어두고는 벙어리 처녀에게 농사일을 배워 남편의 일을 거들기 시작했다. 그래서 이반의 나라에는 똑똑한 사람들은 모두 떠나버리고 그저 바보들만 남게 되었다. 누구도 돈이란 걸 가지고 있질 않았다. 그들은 스스로 일해서 먹고살며 더불어 이웃 사람들도 먹여 살렸다.

두목 도깨비는 작은 도깨비들로부터 세 형제를 파멸시켰다는 소식이 오기만을 학수고대하고 있었지만 아무런 소식이 없었다. 그래서 어찌 된 영문인지 알아볼 양으로 직접 나가서 이곳저곳을 둘러봤지만 작은 도깨비들의 모습은 찾아볼 수 없고 단지 세 개의 구멍만 찾았을 뿐이었다.

〈아무래도 잘못된 게 틀림없어. 드디어 내가 손을 쓰지 않으면 안되겠군.〉

도깨비는 세 형제를 찾아나섰지만 그들은 옛날에 살던 곳에 살고 있지 않았다. 그는 세 형제를 각기 다른 곳에서 찾아냈다. 그러나 셋은 모두 건재했고 게다가 나라까지 다스리고 있었다.

〈결국 내가 직접 나서야 일이 처리되겠군.〉

도깨비는 장군으로 위장하여 세몬을 찾아갔다.

「들리는 바에 의하면 임금님께서는 대단히 훌륭한 군인이신 것 같습니다만, 저도 군사와 전쟁에 관해서라면 다소 아는 바가 있사오니 부디 전하 곁에서 전하를 섬기고자 합니다.」

세몬은 그에게 여러 가지를 물어보니 꽤 똑똑한 사람 같았다. 그래서 그를 옆에 두기로 했다. 새로 뽑힌 장군은 세몬왕에게 강력한 군대를 만들 방법을 제시했다.

「우선 첫째로 많은 군사들을 모집해야 합니다. 왜냐하면 이 나라에는 편히 놀고 먹는 백성들이 너무 많습니다. 젊은 사람들은 누구를 막론하고 한 사람도 남김없이 징집하십시오. 그러면 그들은 전하를 위해 목숨을 걸고 싸울 것입니다. 두 번째로 해야 할 일은 최신식 총과 대포를 만드는 것입니다. 제가 한 번에 백 발의 총알이 나가는 총을 만들겠습니다. 그리고 어떤 것이라도 불로 태워버릴 수 있는 대포도 만들겠습니다. 사람이나 성이나 할 것 없이 모든 것을 태워버릴 만한 것으로요.」

세몬왕은 새로 온 장군의 제안에 따라 나라 안의 젊은이는 모두 군대에 들어올 것을 명령하고, 또 한편으로는 공장을 세워 최신식 총과 대포를 만들고는 바로 이웃나라 임금에게 선전포고를 했다. 곧 싸움이 시작되자 세몬왕은 자신의 군사들에게 적군을 향해 총과 대포를 마구 쏘아대라고 명령을 내렸다. 그리하여 단번에 적을 물리쳤다. 이웃나라의 임금은 놀라서 곧 항복하고는 세몬왕에게 자기 나라를 바쳤다. 세몬왕은 크게 기뻐했다.

「이번에야말로 인도를 정복해 주지.」

세몬왕의 소문을 들은 인도왕은 그의 전략을 완전히 파악하고는 자신의 계략까지 덧붙였다. 거기다 그는 젊은 군사들뿐만 아니라 여자들까지 전부 군대에 징집했고 세몬왕에게서 총과 대포 만드는 법을 훔쳤을 뿐 아니라 폭탄까지 개발했던 것이다.

세몬왕은 인도왕에게 전쟁을 선포했다. 그러나 잘 드는 낫이라도 영원히 잘 들지는 않는가 보다. 인도왕은 세몬의 군대가 사정거리 안으로 들어오는 것을 막는 한편 여자 군사들을 비행기에 태워 공중에서 폭탄을 퍼붓게 했다. 그러자 세몬의 군대 위로 마치 진딧물에 약을 뿌리기라도 하듯

폭탄을 퍼부어 세몬의 군대는 혼비백산해서 달아나고 남은
건 세몬왕 혼자뿐이었다. 드디어 인도왕은 세몬의 나라를
빼앗고 말았다. 그러자 세몬은 걸음아 나 살려라 하고 도망
쳐 버렸다.

두목 도깨비는 장남인 세몬을 해치우자 이번
에는 둘째인 타라스왕에게로 갔다. 상인으로
변장해서 그 나라에 들어가 자리를 잡고 가게
를 열어서 사람들에게 선심을 쓰듯 돈을 마
구 뿌려대기 시작했다. 그리고 어떤 물건
이라도 높은 가격을 쳐주었기에 백성들
은 앞다투어 상인에게 몰려왔다. 이리하여
백성들은 주머니 사정이 좋아지자 밀린 세금도 깨끗하게 처
리할 수 있었다.

타라스왕은 기뻐했다.

「거참, 고마운 일이군, 다 저 상인 덕분이야. 나는 점점
더 돈이 불어서 부자가 되겠군.」

그리하여 타라스왕은 새로운 계획을 세우고 궁전도 새로
짓기로 했다. 그는 백성들에게 목재와 돌을 운반하게 하고
는 비싼 품삯을 쳐주겠노라고 약속했다. 그러나 예전처럼
백성들이 돈을 벌기 위해 그에게 몰려올 줄 알았는데 목재
와 돌은 전부 상인에게 실려갔고 노동자도 한 사람도 남김
없이 상인에게 가버렸다. 타라스왕은 품삯을 대폭 올렸지만
상인은 그보다 더 많은 돈을 주는 것이었다. 타라스왕은 많

은 돈을 가지고 있었지만 상인에겐 그보다 더 많은 돈이 있었기에 상인은 타라스왕의 가치를 떨어뜨리고 말았다. 결국 궁전은 완성되지 못하고 말았다.

또 타라스왕은 정원을 만들 계획이 있었다. 가을이 되었으므로 타라스왕은 백성들에게 정원 만드는 일을 하러 오라고 명령했다. 하지만 아무도 오지 않았고 모두들 상인의 연못을 파러 가버렸다. 겨울이 오자 타라스왕은, 새 모피코트를 만들기 위해 검은 담비 가죽을 사려고 했다. 그리고는 신하를 보냈더니 신하가 돌아와서는 말하는 것이었다.

「담비는 없습니다. 그 상인이 비싼 값에 사들여 모조리 방석을 만들었다 합니다.」

타라스왕은 이번에는 종마를 사야겠다고 생각하고는 신하를 보냈다. 하지만, 신하가 돌아와서 하는 말은 종마는 전부 상인의 손에 들어가 연못의 물을 나르고 있다는 것이었다. 다들 임금의 일이라면 아무것도 해주려 하지 않으면서 상인을 위한 일이라면 뭐든지 하려고 했다. 단지 그 상인에게 받은 돈만이 세금으로 왕에게 갈 뿐이었다.

그리하여 타라스왕의 수중에는 돈이 넘쳐났지만, 도리어 생활은 나빠졌다. 타라스왕은 이제는 모든 계획을 중단하고 당장 살 궁리를 해야 했다. 그의 곁에 있던 요리사와 마부, 하인들마저도 점점 상인에게 옮겨갔다. 이쯤 되니 식량까지 부족했다. 시장에 나가도 무엇 하나 살 수가 없었다. 몽땅 상인이 사버리고 타라스왕은 그저 세금으로 내는 돈만 거둬

바보 이반

들일 뿐이었다.

타라스왕은 화가 나서 상인을 나라 밖으로 추방해 버렸다. 그러나 상인은 국경에 눌러앉아 여전히 같은 짓을 하고 있었다. 타라스왕의 생활은 더욱 심각해졌다. 며칠째 먹지도 못한 데다가, 들리는 소문에 의하면 그 상인이 왕비마저 사려한다는 것이었다. 타라스왕은 실성한 사람처럼 어떻게 해야 좋을지 몰랐다.

어느 날 세몬이 그에게 찾아와서 말했다.

「제발 도와다오, 난 인도왕에게 패하고 갈 곳 없는 신세가 되었다.」

하지만 타라스왕의 형편도 뱃가죽이 등뼈에 달라붙을 지경으로 어려운 사정이었다.

「저도 벌써 이틀째 굶고 있어요.」

두목 도깨비는 두 형제를 해치우자 이제는 이반에게로 갔다. 그는 장군으로 변장하고는 이반에게 찾아가 군대를 조직할 것을 권했다.

「임금님께서 군대도 없이 지낸다는 것은 어울리지 않습

니다. 그저 분부만 내리시면 제가 전하의 백성들 중에서 군사를 모아 군대를 만들어드리겠습니다.」

이반은 그 말을 듣고는 말했다.

「그래요, 그럼. 어디 만들어보게나. 그래서 그 군사들에게 될 수 있는 한 노래를 잘 부르게 훈련시키시오. 나는 그걸 제일 좋아하오.」

두목 도깨비는 나라를 돌아다니며 군사를 모집하기 시작했다. 그는 군대에 지원하는 사람에게는 누구나 술 한 병과 빨간 모자를 주겠다고 말했다.

바보들은 비웃었다.

「술 따위는 우리에게 얼마든지 있어. 술은 우리가 만들 수 있으니까. 또 모자만 해도 여자들이 원하는 대로 만들어주는걸.」

그리하여 어느 누구 하나 군대에 지원하는 자는 없었다. 두목 도깨비는 이반에게 다시 갔다.

「임금님의 백성들은 바보라서 그런지 아무도 군대에 지원하는 자가 없습니다. 그러니 권력을 써서라도 그들을 끌고 오는 수밖에 없습니다.」

「그래? 그러지 뭐. 그럼 권력을 써서 군대를 만들어보게나.」

그래서 두목 도깨비는 포고령을 내렸다.

「이 나라 백성들은 모두 군사가 되어야 하며, 만일 이를 거역할 시에는 이반 임금께서 사형을 내릴 것이다.」

그러자 바보들은 장군에게 몰려와 이렇게 말했다.

「당신은 우리에게 군사가 되지 않으면 임금께서 사형을 내리실 거라고 했지만, 군대에 지원하면 어떻게 된다는 것은 말해 주지 않았습니다. 군사가 되면 목숨을 잃게 된다고 하던데요.」

「그런 일이 없다고는 못하지.」

그 말을 듣자 바보들은 고집을 부렸다.

「우린 군대에 가지 않을 겁니다. 둘 다 죽을 거라면 차라리 집에서 죽는 게 나아요.」

「네놈들은 참 바보다. 어쩜 이렇게 한심할 수가. 군인이 된다고 해서 반드시 죽는 것은 아니야. 하지만 군대를 가지 않으면 반드시 이반왕에게 사형 당할 걸.」

바보들은 한참을 생각했다. 그리고 이반왕에게로 갔다.

「장군님이 우리에게 와서는 우리 모두 군대에 가라고 합니다. 군대에 가면 죽을지 살지 모르겠지만, 가지 않으면 이반왕께서 우리를 사형에 처한다고 했습니다. 그게 정말입니까?」

이반은 껄껄 웃었다.

「어찌 나 혼자서 너희들을 전부 사형시킬 수 있겠느냐? 만일 내가 바보가 아니라면 그 이유를 설명해 줄 수 있겠지만, 우선 내 자신도 잘 모르겠구나.」

「그렇다면 저희들은 군대에 가지 않겠습니다.」

「그럼, 그렇게들 하거라.」

그래서 바보들은 장군에게 가서 군인이 되는 것을 거절했다.

두목 도깨비는 자신의 계획대로 일이 잘 풀리지 않자, 이웃나라인 타라칸왕에게 가서 그에게 제안했다.

「이번 기회에 싸움을 걸어서 이반의 나라를 정복해 버리세요. 저 나라는 돈은 없지만, 곡식이나 가축, 그 밖의 모든 것이 풍부합니다.」

타라칸왕은 전쟁을 시작했다. 큰 군대를 모아 총과 대포를 준비하고는 국경을 지나 이반왕국에 침투하기 시작했다. 사람들은 이반에게로 달려와서 말했다.

「타라칸왕이 전쟁을 선포했습니다.」

「그런가, 뭐 별일이야 있겠어? 얼마든지 하라지 뭐.」

타라칸왕은 군대를 거느리고 국경을 넘어 우선 선발대를 파견하여 이반의 군대상태를 살피게 했다. 선발대는 이곳저곳을 살펴보았지만 군대는 어디에도 없었다. 그러나 어디에선가 갑자기 나타날지도 몰라 오래 기다렸으나 군대에 관한 소문조차도 들리지 않았다. 누구와 싸우려 해도 싸울 상대가 없는 것이었다. 타라칸왕은 한 중대를 보내 마을을 점령하게 했다. 드디어 적군이 마을로 들이닥치자 바보 같은 백성들은 뛰쳐나와 적군을 보고는 기가 막힌 표정을 지었다. 군사들이 곡식과 가축을 빼앗아도 그들은 그저 바라보기만 할 뿐 누구 한 사람 자신을 지키려고 하지 않았다. 군사들은 다른 마을로 가보았다. 그곳 역시 마찬가지였다. 군

바보 이반

　사들은 하루 이틀 진군해 보았지만, 어디 가도 마찬가지였다. 사람들은 뭐든지 금방 다 내주며 오히려 적군들에게 자신들과 함께 살자고 권하기까지 했다.

「이봐요, 만일 당신들 나라에서 생활하기 어렵다면 모두 여기로 이사오세요.」

　군사들은 점점 진군했지만 어디에도 군대는 보이지 않았고 백성들은 모두 일하면서 스스로 먹고 살았으며 남들까지도 먹여 살렸다. 제 목숨을 지키겠다는 생각 따위는 조금도 하지 않고 오히려 적들에게 여기 와서 살라고 권하기까지 했다.

　군사들은 점점 따분해지기 시작했다. 그래서 타라칸왕에게 가서 말했다.

「우리는 계속 전쟁을 할 수가 없습니다. 부디 저희들을 다른 나라로 보내주십시오. 한바탕 싸움이 벌어졌으면 좋겠는데 이건 도대체 어떻게 된 일인지 알 수가 없습니다. 마치 약하고 힘없는 자들을 무참하게 죽이는 것 같아서 더 이상 싸울 수가 없습니다.」

　타라칸왕은 화가 머리끝까지 나서 군사들에게 명령했다.

「그렇다면 나라를 휘저어가며 마을을 어지럽히고 집과 곡식에 불지르고 가축들을 죽이거라. 만약 내 명령을 거역한다면 너희들을 모두 추방해 버리겠다.」

　군사들은 놀라서 왕의 명령대로 하기 시작했다. 집과 곡식을 불태우고 가축도 죽이기 시작했다. 하지만, 바보들은 그저 울고만 있을 뿐이었다. 어른이나 아이 할 것 없이 누구라도 울기만 할 뿐이었다.

「무엇 때문에 우리들을 괴롭히는 겁니까? 왜 우리 재산을 빼앗아가는 겁니까? 필요하다면 그냥 갖고 가면 될 것을.」

군사들은 왠지 우울해졌다. 그들은 더 이상 전진할 수 없었다. 이윽고 군사들은 사방으로 흩어지고 말았다.

그리하여 두목 도깨비도 떠나고 말았다. 군대만으로는 이반을 무너뜨릴 수가 없었다. 도깨비는 다시 멋진 신사로 변장하여 이반의 나라로 들어갔다. 배불뚝이 타라스를 괴롭힌 것처럼 이반도 돈으로 골탕 먹이려 했던 것이었다.

「저는 많은 지식을 가르쳐서 당신들에게 힘이 되고자 합니다. 그래서 먼저 이 나라에 집을 짓고 장사를 시작하려 합니다.」

「그래요, 그거 좋은 생각이네요. 그럼, 여기서 사시죠.」

하룻밤이 지나자 이 신사는 금화가 가득 들어 있는 커다란 자루와 종이를 가지고 광장으로 가서 이렇게 말했다.

「여러분들은 마치 돼지와 같은 생활을 하고 있어요. 그래서 내가 여러분들에게 어떻게 살아야 하는지를 가르쳐주려고 합니다. 우선, 이 설계도면대로 집을 지어주세요. 당신들이 일을 해주면 지시는 제가 하겠습니다. 내 지시를 따라주시면 그 사례로 이 금화를 드리겠습니다.」

이렇게 말하고는 사람들에게 금화를 보여주었다. 바보들은 깜짝 놀랐다. 그들에겐 지금까지 돈이라고 하는 것을 가져본 적이 없었다. 필요한 물건은 서로 교환을 했으며 힘든 일도 품앗이로 해결해 왔기 때문이다. 그들은 금화에 반해 버렸다.

「우와, 어쩜 저렇게 아름다울까.」

그들은 온갖 물건들과 노동력을 금화와 바꾸려고 그에게 몰려갔다. 두목 도깨비는 타라스의 나라에서 했던 것처럼 금화를 마구 뿌려대기 시작했다. 사람들은 모두 금화를 얻기 위해 어떤 물건이라도 그에게 가져가고, 무슨 일이라도 하러 그를 찾아갔다. 도깨비는 신이 나서 생각했다.

〈이 정도면 일이 꽤 순조롭게 풀리는데. 이번에야말로 저 바보 녀석을 타라스처럼 해치우고 말겠어. 녀석을 엉망으로 짓밟아놓겠어.〉

그런데 바보들은 금화를 손에 넣자마자 목걸이감으로 생각했는지 여자들에게 주는 것이었다. 여자들은 모두 그것으로 머리장식을 하고 아이들까지도 오고

가며 금화를 장난감으로 가지고 놀 정도로 금화가 흔해졌다. 그러자 그들은 더 이상 금화를 탐내지 않게 되었다. 그러자 대궐 같이 큰 신사의 집은 반 정도밖에 지어지지 않았고 곡식과 가축들도 일 년분도 채 되지 않았다. 그래서 신사는 자신에게 일을 하러오라고 부추기며 곡식과 가축을 가지고 오면 더 많은 금화를 주겠노라고 말했다.

하지만 어느 누구도 일하러 온다는 사람은 없었고 무엇하나 가지고 오는 사람도 없었다. 그저 가끔씩 어린 아이들이 달걀을 갖고 와서 금화로 바꾸거나 할 뿐 찾아오는 사람이 없게 되자 신사는 점점 먹을 것이 궁하게 되었다. 마침내그는 배가 고파 참을 수가 없어서 뭔가 먹을 것을 사려고 마을로 나갔다. 어느 집에 들어가 닭을 사려고 금화를 내밀었지만 부인은 눈길도 주지 않았다.

「금화 같은 건 우리 집에도 아주 많아요.」

그래서 그는, 이번에는 어떤 어부의 집에 가서 생선을 사려고 금화를 내밀었더니 어부가 하는 말이 「나한테는 이런 거 필요 없어요. 우리 집엔 아이들도 없어서 가지고 놀 사람도 없어요. 신기한 거라 나도 벌써 세 개나 가지고 있거든요.」

이번에는 빵을 사기 위해 어느 농부의 집으로 갔다. 그러나 그 농부는 금화를 받지 않았다.

「우리 집은 그런 거 필요 없어요. 하느님을 위해 적선을 하는 거라면 몰라도. 잠시만 기다려 보시오. 지금 집사람한테 빵 한 토막 잘라달라고 할 테니.」

도깨비는 침까지 뱉고는 농부집에서 나와버렸다. 내가 적선을 받다니. 이렇게 해서 그는 결국 빵도 얻지 못하고 말았다. 다들 금화는 넘칠 정도로 많이 가지고 있었다. 도깨비가 어디를 가든, 누구 한 사람 금화로는 아무것도 주려 하지 않았다. 그리고는 모두들 이렇게 말하는 것이었다.

「이제는 뭔가 다른 것을 가지고 오거나 일을 하는 게 어떻겠소. 아니면 차라리 동냥을 하러 오시구려.」

그러나 도깨비가 가진 것이라곤 금화밖에 없었고 일하는 것도 싫어했으며 더더군다나 동냥을 할 생각은 꿈에도 하지 않았다. 도깨비는 분노했다.

「도대체 돈을 준다고 하는데 말이야, 왜 필요 없다는 거야? 돈만 있다면 뭐든지 살 수 있고 어떤 일꾼도 부릴 수가 있잖아.」

그러나 바보들은 한 사람도 귀를 기울이지 않았다.

「우리에겐 그런 것은 필요 없어요. 여기선 돈을 쓸 일도, 세금을 낼 일도 없으니까요.」

도깨비는 저녁도 못 먹고 잠자리에 들게 되었다. 이 일이 바보 이반의 귀에 들어갔다. 백성들이 그에게 가서 이렇게 물었다.

「도대체 어떻게 하면 좋겠습니까? 어느 날 말쑥하게 차려 입은 웬 신사가 나타났는데, 이 신사는 먹고 즐기는 것만 좋아하지 일하는 것도 싫어하고 남의 성의도 무시하며 그저 사람들에게 금화만 주려고 합니다. 처음 금화가 없었을 때

바보 이반

에는 그 신사에게 무엇이든 주었지만 지금은
아무것도 주지 않습니다. 저 신사를 어
떻게 하면 좋을까요? 저러다 굶어죽
는 건 아닌지 모르겠어요.」

이반은 다 듣고 나서 말했다.

「그럼 그를 먹여 살려야겠군. 그를 양치기 목자처럼 이
집 저 집 돌아다니며 얻어먹게 하면 되겠군.」

할 수 없이 도깨비는 이 집 저 집을 돌아다니며 밥을 얻어
먹었다. 그러는 동안 이반의 궁궐까지 차례가 돌아왔다. 도
깨비가 점심을 먹으러 가보니 이반의 집에서는 벙어리 여동
생이 식사를 준비하고 있었다. 그녀는 지금까지 수없이 게
으름뱅이들에게 속아왔었다. 게으름뱅이들은 하나같이 일
은 하지 않고 언제나 다른 사람보다 일찍 와서 먼저 음식을
먹어치우는 것이었다. 그래서 그녀는 그들의 손만 보아도
게으름뱅이를 곧잘 가려냈다. 그래서 손에 굳은살이 박힌
사람은 바로 식탁에 앉히지만, 굳은살이 박혀 있지 않은 사
람은 먹고 남은 음식을 주었다.

도깨비가 식탁에 앉으려 하자 말라냐는 바로 그의 손을
들여다보았다. 그 손은 굳은살도 없이 깨끗하고 부드러웠고
손톱은 길게 자라 있는 것이었다. 그녀는 무어라 나무라더
니 도깨비를 식탁에서 끌어내렸다.

그러자 이반의 아내가 도깨비에게 말했다.

「너무 기분 나빠하지 마세요. 우리 아가씨는 손에 굳은살

바보 이반

이 박히지 않은 사람은 식탁 가까이에 오지 못하도록 하고 있어요. 조금만 기다렸다가 다른 사람들이 다 먹고 난 다음 남아 있는 것을 드세요.」

도깨비는 궁궐에서 자기에게 돼지와 똑같은 것을 먹이려 한다고 생각하자 화가 치밀었다. 그래서 이반을 향해 말했다.

「당신 나라에서는 누구든지 손으로 일하지 않으면 안된다는 대단히 어리석은 법률이 있는가 보군요. 이건 당신들이 어리석기 때문에 나온 생각에 불과합니다. 영리한 사람은 무엇으로 일하는지 아십니까?」

이반이 말했다.

「우리 같은 바보가 어떻게 그걸 알 수 있겠습니까. 우리는 모든 일을 손과 등으로 한답니다.」

「그건 당신들이 뭘 모르기 때문에 그러는 거예요. 우선제가 어떻게 머리로 일하는지 그것을 가르쳐 드리겠소. 그러면 당신들도 손보다 머리로 일하는 것이 편하다는 것을 알게 되겠지요.」

이반은 놀랐다.

「그렇군, 그래서 다들 우리를 바보라 하는구나!」

그러자 도깨비는 설명하기 시작했다.

「그렇다고 머리로 일하는 것이 결코 쉬운 일은 아닙니다. 여러분들은 내 손에 굳은살이 없다고 먹을 것도 주지 않는데, 그건 여러분들이 머리로 일하는 것이 손으로 일하는 것보다 백 배는 힘들다는 것을 몰라서 하는 소리입니다. 어쩔 땐 머리가 빠개질 정도로 힘들 때가 있어요.」

이반은 골똘히 생각했다.

「하지만 대체 당신은 왜 그렇게 자신을 괴롭히는 거죠? 머리가 빠개질 정도가 쉬운 일이라고요? 그렇다면 차라리 손과 등을 써서 좀더 쉬운 일을 하는 것이 낫지 않겠소?」

「제가 제 자신을 괴롭히는 것은 당신들 같이 어리석은 사람들을 불쌍히 여기기 때문입니다. 만일 제가 제 자신을 괴롭히지 않는다면 당신들은 언제까지나 바보로 살겠지요. 하지만 저는 지금까지 머리로 일해 왔기 때문에 이제부터 여러분들에게 머리로 일하는 법을 가르쳐주려고 하는 겁니다.」

이반은 놀랐다.

「그렇다면 가르쳐주게. 손이 지쳤을 때 머리로 일할 수 있도록.」

도깨비는 그러마고 약속했다. 이반은 온 나라에 방을 붙였다.

〈멋진 신사가 머리로 일하는 방법을 가르쳐주기로 했다. 머리로 일을 하면 손으로 하는 것보다 훨씬 더 많은 일을 할 수 있다. 그러니 모두들 와서 배우도록 하라.〉

이반은 광장에 높은 망대를 만들고 그곳에 사다리를 놓고 그 위에 연단을 준비했다. 이반은 모두가 잘 보이는 곳에 신사를 데리고 갔다. 신사는 연단 위에 서서 이야기를 시작했다. 무식한 백성들은 그걸 보러 몰려왔다. 바보들은 생각했다. 저 신사는 손을 쓰지 않고 머리로 일하는 방법을 실제로

보여줄 것이라고. 허나 도깨비는 그저 입으로만 어떻게 하면 일하지 않고 살아갈 수 있는지를 가르쳐주기만 했다. 바보들은 무슨 말인지 도무지 이해할 수가 없었다. 얼마 동안 가만히 듣고만 있다가 이윽고 각자의 일을 하러 흩어졌다.

도깨비는 온종일 연단에 서 있었다. 그 다음날도 여전히 서 있었다. 그리고는 계속 떠들어 댔다. 마침내 그는 배가 고파 왔다. 하지만 바보들은 연단 위에 있는 그에게 빵을 갖다 줄 생각은 하지 못했다. 만일 그가 머리로 일하는 것이 가능하다면 머리로 자신의 빵을 만드는 것쯤이야 아무것도 아니라고 생각했다. 그 다음날도 도깨비는 연단 위에 서서 계속 떠들어댔다. 그래도 사람들은 단지 옆으로 와서 잠시 듣다가는 바로 떠나버렸다.

이반은 가끔 사람들을 불러 물어보았다.

「어떤가? 그 신사는 이제 머리로 일하기 시작했는가?」

「아직은 아니옵니다. 여전히 혼자 떠들고 있기만 합니다.」

도깨비는 여전히 연단에 서 있었고, 그러는 동안 점점 지쳐갔다. 어느 날은 한번 비틀거리더니 기둥에 머리를 부딪치고 말았다. 한 바보가 그것을 보고 이반의 아내에게 일러주자 이반의 아내는 들판에 있던 남편에게로 달려갔다.

「자, 가봅시다. 드디어 신사가 머리로 일하기 시작했다고 하네요.」

이반은 깜짝 놀랐다.

「그게 정말이오?」

이반은 말을 몰아 연단으로 달려갔다. 그가 연단에 도착했을 때, 그 신사는 이미 굶주림으로 쇠약해져서 비틀거리며 기둥에 머리를 부딪치고 있었다. 마침 이반이 그 밑으로 가까이 다가갔을 때에 도깨비는 결국 쓰러지더니 머리로 계단을 치면서 요란한 소리를 내며 굴러떨어졌다.

「그렇구나, 신사가 때로는 머리가 빠개질 수도 있다고 하더니 진짜구나. 이건 손에 굳은살 박히는 정도하고는 비교도 안돼. 이렇게 일하다가는 머리가 혹투성이겠군.」

도깨비는 이렇게 사다리에서 굴러떨어지자 무서운 속도로 땅바닥에 머리를 박았다. 그래서 이반은 그가 얼마나 많은 일을 했는지 보려고 옆으로 다가갔다. 그러자 순간 땅이 갈라지더니 도깨비가 그 속으로 떨어지고 말았다. 그리고 그 자리에는 그저 구멍 하나만이 뚫려 있을 뿐이었다.

이반은 머리를 긁적거렸다.

「이놈이 또! 무슨 이런 고약한 놈이 다 있나! 또 그놈이었어! 그놈들의 아비가 틀림없어. 정말 고약한 놈이군!」

이반은 지금까지도 살아 있으며 많은 백성들이 그 나라로 몰려 왔다. 두 형들도 그에게로 찾아와서 그와 함께 살고 있었다. 누군가가 와서,

「부디 절 먹여 살려주십시오」라고 말하면 그는 언제나 이

157

렇게 말한다.

「그래, 좋아. 얼마든지 있어도 돼. 여기에는 무엇이든 잔뜩 있으니.」

다만, 이 나라에는 한 가지 관습이 있다. 손에 굳은살이 배긴 사람은 대접을 받을 수 있지만 손에 굳은살이 없는 사람은 남이 먹다 남은 것을 먹어야 한다는 것이다.

세 그루의 사과나무

1

어느 가난한 농부의 집에 아들이 태어났다. 농부는 너무 기뻐서 어쩔 줄을 몰랐다. 곧바로 이웃집으로 달려가 태어난 아들의 대부가 되어달라고 정중하게 부탁했다. 하지만 그 자리에서 거절을 당하고 말았다. 이웃집 사람은 가난한 농부 아들의 대부가 되는 것이 마음에 썩 내키지 않았던 모양이다. 농부는 마음을 고쳐먹고 다른 집으로 가서 부탁을 해보았지만 역시 거절을 당했다.

농부는 아들의 대부가 되어줄 사람을 찾아 온 마을을 헤매고 다녔지만, 어느 누구도 선뜻 나서는 사람이 없었다. 그래서 하는 수 없이 다른 마을로 발길을 돌렸다.

그때 반대편에서 걸어오는 한 나그네를 만났다. 그 나그네는 잠시 발걸음을 멈추고 농부에게 말을 건넸다.

「안녕하세요? 어딜 그렇게 가세요?」

「네, 하느님께서 저에게 아들을 하나 주셨습니다. 아이란 젊어서 기쁨을 주고, 늙어서는 위안을 주지요. 죽고 나면 나를 위해 기도도 해주고요. 그런데 제 처지가 빈곤하다 보니 어

느 누구도 아이의 대부가 되는 걸 꺼려하더군요. 그래서 다른 마을로 아이의 대부가 되어줄 분을 수소문하러 가는 길입니다.」

그러자 나그네가 말했다.

「제가 그 아이의 대부가 되면 안 되겠소?」

농부는 뜻밖의 말에 너무나 기뻐, 고맙다는 인사를 거듭하고는 나그네에게 다시 물었다.

「그럼, 대모는 어떤 분에게 부탁을 할까요?」

「대모요? 음……, 읍내에 나가시면 광장에 상점이 있는 돌집이 있을 겁니다. 그 상인의 딸에게 부탁해 보시지요. 그 집에 가서 상인에게, 따님을 아들의 대모가 되게 해달라고 부탁해 보구려.」

농부는 순간, 의아스러운 눈초리로 물었다.

「대부님, 말씀은 고맙습니다만 저 같은 미천한 농사꾼이 어떻게 그런 상인을 찾아간단 말입니까? 업신여기고 문전박대나 안할지 모르겠습니다.」

「허허……. 걱정은 그만하시고 일단 부탁해 보시구려. 반드시 들어줄 겁니다. 그러니 내일 아침에 영세 받을 준비나 하세요.」

농부는 집으로 돌아가다가 상인을 찾아가기로 마음먹고 읍내로 나갔다. 상인의 집 앞에 도착하자, 상인은 농부를 보고는 「어떻게 오셨습니까?」 하고 물었다.

「주인 어른, 안녕하십니까? 실은……, 하느님께서 저에

게 아들을 하나 주셨습니다. 아이란 젊어서는 기쁨을 안겨
주고, 늙어서는 위안을 주지요. 죽고 나면 저를 위해 기도도
올려주고요. 주인 어른의 따님을 제 아들의 대모로 허락해
주십사, 하고 이렇게 찾아뵙게 되었습니다.」

농부의 말을 들은 상인은 흔쾌히 말했다.

「영세는 언제 받소?」

「내일 아침입니다.」

「좋소! 오늘은 그만 집으로 돌아가시오. 내일 아침에 시
간 맞춰 딸을 보내겠소.」

다음날 예정대로 대부와 대모가 와줘서 아이는 영세를
받았다. 영세가 끝나자 대부는 곧바로 자리를 떴다. 아무 말
도 없이 떠나버렸기 때문에 그가 어디에 사는 누구인지 농
부는 알 수 없었다. 그 이후로도 마을 사람들조차 그를 봤다
는 사람은 한 명도 없었다.

2

아이는 무럭무럭 잘 자랐다. 농부는 기쁨으로 가득 찬
나날을 보내고 있었다. 무엇보다 아이는 건강했고 부지런한
데다 마음씨도 착했다. 열 살이 되어 학교에 보냈는데 다른

아이들이 5년 동안에 배워야 할 내용을 단 1년 만에 배워버려 더 배울 것이 없었다.

부활절이 되자 아이는 대모를 찾아가 인사를 하고 집으로 와서는 물었다.

「아버지, 어머니! 대모님께 인사를 드렸으니 이제, 대부님께도 인사를 드려야겠습니다. 어디로 찾아가야 하는지요?」

아버지가 말을 받았다.

「얘야, 사실은 우리도 대부님이 어디에 사는지 모르고 있단다. 그분은 대부를 서주시고 어디론가 가버리셨단다. 들리는 소문도 없고, 생사마저 알 수가 없으니 걱정이구나.」

아이는 부모님에게 절을 하며 말했다.

「아버지, 어머니! 대부님을 찾아가도록 허락해 주세요. 꼭 그분을 찾아뵙고 부활절 인사를 드려야겠습니다.」

농부 부부는 아이의 청을 받아들였고, 아이는 대부를 찾아나섰다.

3

이미 소년이 된 대자는 집을 떠나 얼마쯤 가다가 한 나그네를 만나게 되었다.

「얘, 어디를 그렇게 가는 길이냐?」

「네, 저는 대모님을 찾아뵙고 부활절 인사를 드리고 왔습니다. 그래서 대부님께도 인사를 드리려고 부모님께 대부님이 사시는 곳을 물었더니 부모님은 그분이 어디에 사시는지 모른다고 하셨습니다. 그뿐 아니라 어떤 분인지도 알 수가 없다고 하셨습니다. 그래서 할 수 없이 제가 직접 대부님을 찾아뵙고 인사를 올리려고 이렇게 집을 나서게 되었습니다.」

한참 동안 소년의 말을 듣고 있던 나그네가 입을 열었다.

「내가 너의 대부란다.」

소년은 뜻하지 않은 말을 듣고 상기된 표정으로 나그네에게 부활절 인사를 했다.

「대부님, 대부님께서는 지금 어디로 가시는지요? 혹시 저희 마을 쪽으로 가신다면 꼭 저희 집에 들러주세요. 만약 대부님 댁으로 가신다면 저도 함께 가도록 허락해 주세요.」

「애야, 나는 지금 시간이 없어서 너희 집
에 갈 수가 없구나. 여기저기에 일이 있어
서 내일쯤이나 집으로 갈 것 같다. 그때 오
너라.」

소년은 벅찬 가슴을 억누르며 물었다.

「어떻게 가면 되나요?」

「그래, 일러주마. 해가 떠오르는 방향으로 곧장 걸어라.
걷다 보면 숲이 나오고, 숲속에 풀밭이 있을 거다. 그 풀밭
에 앉아 쉬면서 무슨 일이 일어나는지 주위를 잘 살펴보아
라. 그리고 숲을 벗어날 때쯤에 정원이 하나 보일 것이다.
그 정원 한가운데 금빛 지붕이 있는 집이 있는데 그곳이 바
로 내가 살고 있는 집이다. 집 앞으로 오면 내가 마중을 나
가마.」

나그네는 말을 끝내자마자 순식간에 사라져버렸다.

4

다음날 소년은 대부가 일러준 대로 길을 나섰다. 태양
이 솟아오르는 쪽으로 곧바로 걸어갔다. 얼마나 걸었을까?
신기하게도 숲이 보였다. 숲속 풀밭 한가운데는 짙푸른 소

나무 한 그루가 지나간 세월을 껴안고 묵묵히 서 있었다. 소나무 위를 쳐다보니 꼭대기에 줄이 하나 매여 있었는데 줄 끝에는 50킬로그램 정도 되어보이는 참나무 몽둥이가 매달려 있었다. 그리고 그 참나무 몽둥이 바로 밑에는 꿀통이 놓여 있었다.

참으로 알 수 없는 일이었다. 아무도 없는 이 숲속에 웬 꿀통이 놓여 있으며, 웬 참나무 몽둥이가 매달려 있단 말인가. 소년은 생각에 잠겨 꿀통과 몽둥이를 유심히 바라보았다. 그런데 갑자기 숲 저쪽에서 바스락거리는 소리가 들리더니 곰 몇 마리가 꿀통이 있는 곳으로 다가오고 있었다.

곰은 모두 다섯 마리였다. 맨 앞장선 곰은 어미 곰인지 덩치가 꽤 큰 놈이었고, 그 뒤로 두 살쯤 된 곰이 따랐고, 나머지는 어린 새끼 곰들이었다. 어미 곰은 주춤거림도 없이 특유의 표정으로 코를 벌름거리며 꿀통 쪽으로 다가왔다.

이윽고 어미 곰은 꿀통에 코를 박은 채 새끼 곰들을 불렀다. 새끼 곰들은 재빠르게 뛰어가서 꿀통에 엉겨붙었다. 그와 동시에 몽둥이가 서서히 움직이는가 싶더니 원래 있던 자리로 되돌아오면서 새끼 곰 한 마리를 밀어버렸다. 이걸 본 어미 곰은 화가 났는지 몽둥이를 발로 걷어차 버렸다. 순간 몽둥이는 멀리 밀려났다가 되돌아오면서 새끼 곰들을 후려쳤다. 어떤 새끼 곰은 머리를 맞고, 어떤 새끼 곰은 등을 얻어맞고는 소리를 지르며 도망쳤다.

어미 곰은 화가 치밀어 앞발로 몽둥이를 움켜잡고는 있

는 힘을 다해 밀었다. 그러자 몽둥이는 높이 솟아오르며 그
네처럼 멀리 날아갔다. 그 사이를 틈타 새끼 곰 한 마리가
재빠르게 꿀통으로 달려와 코를 박고 꿀을 핥아먹었다. 다
른 새끼 곰들도 꿀통 쪽으로 몰려들었고 순식간에 꿀통 주
위는 부산스러워졌다. 그런데 마지막으로 남아 있던 새끼
곰 한 마리가 꿀통 앞으로 가기 바로 직전, 몽둥이가 원래
있던 자리로 날아오면서 그 새끼 곰의 머리를 세게 후려쳤
다. 순간, 새끼 곰은「퍽!」소리와 함께 쓰러져 그 자리에서
죽고 말았다.

어미 곰은 화가 머리끝까지 치밀어올라, 있는 힘을 다해
몽둥이를 밀어올렸다. 그러자 몽둥이는 소나무 가지보다 더
욱 높이 솟구쳤다. 밧줄의 중간 지점이 휘청휘청 흔들릴 정
도였다.

어미 곰은 분을 삭이면서 꿀통 앞으로 갔다. 새끼 곰들도
어미 곰의 뒤를 따랐다.

바로 그때였다. 하늘 높이 솟아올랐던 몽둥이가 무서운
속도로 내려오고 있었다.

「퍽!」

눈 깜짝할 순간이었다. 빠른 속도로
날아온 몽둥이가 어미 곰의 머리를 후
려친 것이다. 어미 곰은 소리 한번 지르
지 못하고 그 큰 몸을 부르르 떨다가 그만
숨을 거두고 말았다. 이 광경을 지켜본

새끼 곰들은 겁에 질려 뿔뿔이 흩어져 달아나기 시작했다.

5

소년은 놀란 가슴을 달래며 발길을 재촉했다. 곧장 걷다 보니 커다란 정원과 함께 금빛 지붕을 자랑이라도 하는 듯 화려하게 빛나는 궁전이 보였다. 궁전의 커다란 문 앞에 다다르자 대부가 소년을 맞이했다. 대부는 소년을 데리고 대문 안으로 들어가 이곳저곳을 구경시켜 주었다. 궁전의 정원은 소년으로서는 난생 처음 보는 황홀한 곳이었다. 꿈에도 그런 정원은 보지 못했다. 소년은 정원을 지나 집 안으로 들어갔다.

집 안은 더욱 훌륭했다. 대부는 여러 개의 방을 구경시켜 주었는데 보는 방마다 아름답고 화려했다.

대부는 여러 개의 방을 지나다가 종이로 문을 막아둔 방 앞에 멈춰섰다.

「이 문이 보이느냐?」

대부는 인자한 미소를 띠며 물었다.

「네, 대부님.」

「이 문은 자물쇠가 없느니라. 종이로만 봉합해 놓았다.

이 문은 열 수 있는 문이지만 절대 열어서는 안 된다. 꼭 명심해라. 이 문을 열지 않는다면 이 집의 어느 곳이든 네 마음대로 다니면서 놀아도 좋다. 하지만 만약 문의 종이를 뜯고 그 안으로 들어간다면 네가 오던 길에 보았던 숲속에서의 일이 떠오를 것이다.」

소년에게 신신당부를 한 대부는 곧장 집을 떠났고, 소년은 혼자 남게 되었다.

소년은 혼자였지만 그 집에서 사는 것이 마냥 즐거웠다. 편안한 생활 때문인지 그곳에 온 지 세 시간 정도 지난 것 같았는데, 사실은 삼십 년이란 세월이 흘렀다. 그러던 어느 날, 대자는 종이로 봉합해 놓은 문 앞에서 깊은 상념에 잠겼다.

〈도대체 이 방에 무엇이 들어 있을까? 왜 대부님이 방 안으로 들어가면 안 된다고 그토록 당부를 하셨지? 너무 궁금하군. 그래, 한번 들어가 보자!〉

대자가 방문의 손잡이를 잡아당기자 종이가 찢어지면서 방문이 쉽게 열렸다. 대자는 방 안으로 성큼 발을 들여놓았다.

방은 넓고 화려했다. 그리고 방 한가운데에는 금으로 만들어진 옥좌가 놓여 있었다. 대자는 잠시 방 안을 둘러본 후 그 계단을 천천히 밟고 올라가 옥좌에 앉았다. 옥좌 옆에는 비스듬하게 세워진 지팡이가 있었다. 옥좌에 앉은 대자는 그 지팡이를 한 손으로 잡아보았다. 그러자 순간, 사면의 벽이 동시에 활짝 열리면서 온 세상이 눈앞에 펼쳐졌다. 앞을 보니 넘실거리는 푸른 바다 위로 배들이 떠 있었고, 오른쪽으로 눈을 돌리자 그리스도교인이 아닌 이방인들의 모습이 보였다. 다시, 왼쪽을 바라보니 그리스도교인이 살고 있었는데 러시아 사람이 아닌 다른 나라 사람들이었다. 이번에는 네 번째 벽을 보자 거기에는 러시아인들이 살고 있었다.

대자는 속으로 생각했다.

〈우리 집을 한번 봐야겠군. 농사는 잘 되었는지 모르겠네.〉

그래서 어릴 때 자신이 살았던 집을 찾았더니 노적가리가 잔뜩 쌓여 있는 것이 보였다. 곡식이 얼마나 되나 하고, 곡식 다발을 하나하나 세고 있는데, 그때 빈 수레가 가고 있는 것이 보였다. 대자는 밤중인데도 아버지가 곡식을 운반하기 위해 밭으로 가는 거라 생각했다. 그런데 가만히 지켜보니 이게 웬일인가! 수레를 밀고 있는 사람은 아버지가 아니라 도둑 바실리 꾸드라쇼프였다. 바실리는 밭으로 가서 보릿단을 옮겨 싣고 있었다.

〈이런, 괘씸한 것 같으니!〉

대자는 울화가 치밀었다.

「아버지, 밭에 도둑이 들었어요!」

대자는 큰소리로 외쳤다. 그러자 아버지는 그 소리에 놀라 자리에서 일어나더니 말했다.

「분명, 곡식을 도둑 맞는 꿈을 꾸었는데……. 어서, 밭으로 가봐야겠어!」

대자의 아버지는 급히 말을 몰아 밭으로 달려갔다. 밭에 도착하니 과연 도둑이 보릿단을 훔치고 있는 것이 아닌가. 그는 고래고래 소리를 질러 마을 사람들을 깨웠다. 그리고 도둑을 붙잡아 두들겨 패고는 감옥에 보냈다.

이제 안심이 된 대자는 대모가 어떻게 지내는지 궁금해 읍내를 둘러보았다. 대모는 어떤 장사꾼과 결혼해 살고 있었다. 그런데 대모의 남편이 아내가 잠들어 있는 사이에 다른 여자를 만나러 가는 것이 아닌가. 순간, 대자가 소리쳤다.

「대모님, 일어나세요. 큰일났어요!」

곤히 잠들었던 대모는 벌떡 일어나 남편이 없는 것을 확인하고는 곧바로 남편을 찾아나섰다. 결국 남편이 다른 여자와 함께 있는 것을 목격하고, 그 여자를 사람들 앞에서 실컷 두들겨 패고는 망신을 줬다. 그리고 남편을 그 길로 내쫓아버렸다.

대자는 갑자기 어머니가 보고 싶어졌다. 어머니는 집에서 곤히 자고 있었다. 그런데 그때 집에 도둑이 들어와 금고를 열려고 했다. 부스럭거리는 소리에 깬 어머니가 소리를 지르자, 도둑은 도끼로 어머니를 내리치려고 했다.

대자는 그냥 보고 있을 수만 없어서 들고 있던 지팡이를 도둑을 향해 힘껏 던졌다. 도둑은 관자놀이를 정통으로 맞아 그 자리에서 죽고 말았다.

6

도둑이 지팡이에 맞아 죽는 순간, 방 안 사면의 벽은 닫혀버렸고 예전의 방 모습 그대로 돌아왔다. 그와 동시에 방문이 열리면서 대부가 방으로 들어왔다. 대부는 천천히 다가와 대자의 손을 잡고 대자를 옥좌에서 내려오게 했다.

「대자야, 너는 내 말을 듣지 않았구나. 첫째는 열어서는 안 되는 문을 열었고, 둘째는 옥좌에 앉아 지팡이를 쥐었다. 셋째는 세상에 나쁜 일을 더 보탠 잘못이다. 네가 조금만 더 오래 옥좌에 앉아 있었더라면 아마 세상 사람들의 절반은 더 잘못됐을 것이다.」

대부는 대자의 손을 이끌고 옥좌 옆으로 가서 지팡이를 잡았다. 지팡이를 잡자 또다시 사면의 벽이 열리면서 눈앞에 세상이 펼쳐졌다. 그곳을 바라보며 대부가 말을 이었다.

「대자야, 네가 아버지에게 지은 잘못을 보아라. 곡식을 훔친 바실리는 일 년 동안 감옥에 있으면서 더 나쁜 짓을 배워서 더욱 악랄해졌단다. 똑똑히 봐라. 저 사람은 그때 너희 집에서 말 두 마리를 훔쳤다. 그런데 이번에는 집에 불까지 질렀다. 바로 네가 아버지에게 지은 잘못이다.」

대부의 말대로 대자는 자신의 집이 불타는 것을 보았다. 대부는 다른 쪽을 보여주었다.

「여기는 너의 대모 집이다. 대모의 남편은 대모를 버리고 다른 여자와 놀아났다. 그 때문에 대모는 술로 세월을 보내고 있으며, 대모의 남편과 사귀던 여자도 돌이킬 수 없는 타락의 길로 빠졌단다. 바로 네가 대모에게 저지른 잘못이다.」

대부는 다른 쪽을 열었다. 그러자 대자의 어머니 모습이 보였다.

「그때, 도둑에게 내가 맞아 죽었더라면 이런 죄를 짓지 않았을 텐데…….」하며 어머니가 울고 있었다.

「이것이 네가 어머니에게 지은 죄이니라.」

대부는 다음 세상을 열어보았다. 그러자 도둑의 모습이 보였다. 싸늘한 시체였다. 간수 두 사람이 시체를 지키고 서 있었다. 이윽고 대부가 말했다.

「저 도둑은 아무 죄 없는 사람을 아홉 명이나 죽였다. 그래서 자신이 지은 죗값을 치러야 했지. 그런데 그 죄인을 네가 죽였기 때문에 그 죄를 네가 짊어져야 한다. 이제부터 너는 저 사람이 저지른 모든 죄를 대신 갚아야 한다. 넌, 스스

로 구덩이를 판 거다. 생각해 봤느냐? 숲속에서 보았던 곰의 일을. 어미 곰이 처음 몽둥이를 슬쩍 밀었을 땐 새끼 곰들은 그저 조금 놀랐을 뿐이었다. 그런데 두 번째 밀었을 때는 새끼 곰이 죽었고, 세 번째 밀었을 때는 어미 곰도 죽지 않았느냐. 네가 행한 일 또한 그와 같다. 이제 너에게 삼십 년을 주겠다. 세상에 나가서 저 도둑이 저지른 죄를 갚도록 해라. 만약 그 죗값을 치르지 못한다면 네가 도둑이 될 것이다.」

대자는 숙연히 입을 열었다.

「대부님, 도둑의 죄를 사하려면 어떻게 해야 하나요?」

「세상에 나가서 네가 저지른 죄만큼 죄를 줄이거라. 그러면 네가 지은 죄와 도둑이 지은 죄를 모두 갚을 수 있을 것이다.」

「세상에 나가서 죄를 없애려면 어떻게 해야 하나요?」

대부는 엄숙한 목소리로 대자에게 말했다.

「태양이 솟아오르는 방향을 따라 곧장 걸어가라. 한참 걷다 보면 밭이 보일 거고 그 밭에 사람들이 모여 있을 것이다. 첫번째 네가 해야 할 일은 그 사람들이 하는 일을 가만히 지켜보고 네가 알고 있는 것을 소상히 가르쳐주는 것이다. 그리고 다시 길을 떠나거라. 가면서 보이는 모든 것을 깊이 새겨두어라. 거기서 또다시 나흘쯤 걸으면 숲이 보일 것이다. 그 숲속에는 오두막 한 채가 있고 그곳에 어떤 늙은 노인이 있을 것이다. 그분에게 그동안 네가 겪고, 보았던 모든 일들을 소상히 말하거라. 그러면 그분이 너의 앞길을 일러줄 것이다. 그리고 그분이 시키는 대로 하면 너의 죄는 물론이고 도둑이 지은 죄까지 모두 갚을 수 있다.」

이렇게 말한 대부는, 대자를 바로 떠나도록 했다.

7

대부와 헤어진 대자는 사람들이 사는 세상 속으로 길을 떠났다. 그는 발길을 옮기면서 깊은 생각에 잠겼다.

〈과연 내가 할 수 있을까? 그 많은 세상의 죄를 다 없앨 수 있을까? 죄 지은 자는 교도소에 수감시키고, 죄가 무거운 사람은 사형에 처하지. 또 죄가 가벼운 사람은 귀향을 보내고. 세상의 죄를 없애고 다른 사람의 죄를 내가 갚지 않으려면 어떻게 해야 하는걸까?〉

대자는 갑자기 발길이 무겁게 느껴졌다. 무거운 발길을 내디디면서 생각에 생각을 거듭해 보았지만 별다른 묘안이 떠오르지 않았다. 그렇게 한참을 걸어가자 곡식이 무르익은 들판이 보였다. 그런데 잘 익은 곡식 밭으로 송아지 한 마리가 뛰어드는 것이었다. 이 광경을 본 사람들은 송아지를 끌어내기 위해 말을 타고 송아지를 쫓았다. 하지만 송아지가 밭에서 나오려고 하면 또 다른 사람이 나타나는 바람에 놀란 송아지는 다시 밭으로 들어가 버렸다. 사람들은 송아지를 쫓고 송아지는 사람들을 피해 달아나고. 그러는 사이에 밭은 더욱 엉망이 되었다.

이 광경을 보고 있던 한 아낙이 울면서 말했다.

「저 사람이 우리 송아지를 잡으려고 해요.」

한참을 보고 있던 대자는 말을 탄 농부들에게 소리쳤다.

「농부님들, 그런 식으로 송아지를 쫓으면 안 됩니다. 어서 밖으로 나오세요. 그리고 송아지 주인인 저 아주머니가 송아지를 불러내도록 해보세요.」

농부들은 뭔가 석연치 않다는 표정을 지었지만 송아지를 몰아낼 별다른 묘안이 없었기에 대자의 말에 따랐다.

「누렁아, 누렁아! 이리 온……. 어서 이리 와. 누렁아!」

송아지는 자기 주인의 목소리를 알아들었는지 이내 뛰던 걸음을 멈추고 귀를 쫑긋 세웠다. 그리고는 곧장 그 아낙 쪽으로 달려왔다. 코를 벌름거리며 바짝 뛰어드는 바람에 하마터면 아주머니가 뒤로 넘어질 뻔했다. 그리고는 마치 어린아이가 엄마 치마폭에 안기듯 머리를 디밀면서 온순해졌다.

이 모습을 지켜본 농부들은 안도의 웃음을 지었고 그 아낙도 송아지를 찾아서 무척 기뻐했다.

대자는 계속 길을 걸어가며 생각했다.

〈죄악은 또 다른 죄악을 잉태해. 악은 악으로 막으려고
할수록 점점 더 크게 불어날 뿐이야. 그렇다면, 무엇으로 악
을 없앨 수 있을까? 송아지가 주인의 말에 순종했으니 망정
이지 만약 주인의 말을 듣지 않았다면 어떻게 됐을까? 어떻
게 송아지를 밭에서 끌어낼 수 있었을까?〉

대자는 작은 깨달음을 얻었지만, 문제의 근본적인 원인
은 찾지 못했다. 그들과 헤어져 걸으면서 상념만 더욱 깊어
졌다.

8

어느덧 해가 저물고 있었다. 조금 가다 보니 마을이 보
였다. 대자는 마을의 가장 큰 집에 찾아가 하룻밤 쉬었다
가게 해달라고 부탁하자 주인 아주머니는 흔쾌히 승낙했
다. 집 안에는 아주머니 혼자 있었는데 걸레로 방을 닦고
있었다.

대자는 방으로 들어갔다. 아주머니가 걸레질하는 모습을
벽난로 앞에 앉아서 지켜보았다. 방을 닦은 아주머니는 식

탁을 물로 씻었다. 그리고 방을 닦았던 걸레로 식탁을 닦기 시작했다. 그러나 식탁은 깨끗하게 닦이지 않았다. 방을 닦아 더러워진 걸레 때문에 식탁에 자꾸 얼룩이 생겼다. 아주머니는 그 얼룩을 지우려고 닦았던 자리를 다시 닦았다. 하지만 그럴 때마다 먼저 있던 땟자국은 없어지고 새로운 땟자국이 생겨났다. 몇 번이고 열심히 닦아보았지만 땟자국이 생기는 건 마찬가지였다. 그도 그럴 것이 방을 닦았던 더러운 걸레로 식탁을 닦았으니 아무리 열심히 닦는들 말끔해질 수는 없는 것이다. 대자는 아주머니가 일하는 모습을 물끄러미 바라보다가 조심스레 말을 건넸다.

「아주머니, 왜 그렇게 열심히 식탁을 닦으세요?」

「보면 모르시겠어요. 명절이 다가와서 집안 청소를 하고 있잖아요. 그런데 이 식탁은 아무리 닦아도 깨끗해지지 않네요. 이젠 정말 지쳤어요.」

「아주머니, 걸레를 깨끗하게 빨아서 닦으면 될 것 같은데요.」

아주머니는 대자의 말대로 걸레를 깨끗이 빨아 식탁을 닦았다. 그러자 식탁은 아주 말끔해졌다.

「고맙습니다. 미처 그걸 모르고.」

대자는 그곳에서 하루를 묵고 다음날 날이 밝자 고맙다는 인사를 하고 길을 나섰다. 얼마쯤 걷다 보니 숲 아래서 농부들이 수레바퀴를 만들고 있는 것이 보였다. 가까이 가보니 농부들은 원을 그리며 돌고 있었다. 그런데 수레바퀴

를 만들려는 나무가 휘어지지 않아 모두들 애를 먹고 있었
다. 자세히 살펴보니 받침틀이 고정되어 있지 않고 흔들거
렸다. 꽉 박혀 있어야 할 것이 고정되지 않아 헛돌고 있는
것이었다.

「무얼 그렇게 열심히 만들고 계십니까?」

「수레바퀴를 만들고 있는 중이오. 그런데 나무가 휘어지
질 않아 고생을 하고 있소. 너무 힘을 뺏더니 쓰러질 지경이
오.」

「아, 그러세요. 그런데 받침틀이 움직이네요. 먼저 틀을
고정시켜야겠어요. 그렇지 않으면 틀이 돌 때마다 나무가
함께 돌기 때문에 휘어지질 않아요.」

대자의 말을 들은 농부들은 받침틀을 단단하게 고정시킨
다음 수레바퀴를 만들었다.

대자는 한 농부의 집에서 하룻밤 묵은 다음, 다시 길을 떠
났다.

하루 밤낮을 쉬지 않고 걸어 먼동이 터오는 새벽녘이 되
자 목동들이 있는 곳을 발견했다. 대자는 그들이 누워 있는
곁으로 가서 자리를 잡았다. 목동들은 모닥불을 피우고 있
었는데 마른 나뭇가지를 주워와서 불을 붙이고 그 위에 생
나무를 올렸다. 그러자 불은 피식피식 소리를 내며 이내 꺼
져버렸다. 다시 마른 나뭇가지를 가져와 불을 붙이고 그 위
에 금방 꺾어온 나무를 올려놓았지만 불은 또 꺼져버렸다.
목동들은 그렇게 몇 번이나 시도해 보았지만 결국 모닥불을

피우지 못했다.

이 모습을 지켜보던 대자가 말을 꺼냈다.

「너무 빨리 생나무를 올려놓지 마세
요. 마른나무에 불이 활활 타오르면 그
때 생나무를 올려놓으세요.」

목동들은 알았다는 듯 고개를 끄덕이며 대자의 말대로 했
다. 과연 마른나무에 불이 활활 타오를 때 생나무를 얹었더
니 불은 꺼지지 않고 잘 타올랐다. 대자는 목동들과 함께 모
닥불 주위에서 쉬었다가 다시 길을 떠났다.

길을 가면서 곰곰이 생각해 보았다.

〈도대체 무엇 때문에 이 세 가지 모습을 나에게 보여주었
을까?〉

그러나 해답은 쉽사리 나오지 않았다.

9

대자는 걷고 또 걸었다. 어느덧 하루가 지났다. 마침내
숲이 보였고 숲속에는 오두막 한 채가 있었다. 대자는 오두
막으로 다가가서 문을 두드렸다.

「누구시오?」

안에서 나직한 목소리가 들려왔다.

「저는 대죄인입니다. 다른 사람이 저지른 죗값을 치르러 왔습니다.」

방문을 열고 나타난 은자는 낮은 목소리로 되물었다.

「다른 사람의 죄를 짊어졌다니? 무슨 죄를 지었는고?」

대자는 그동안 겪었던 일들을 빠짐없이 이야기했다. 대부에 관한 이야기, 어미 곰과 새끼 곰에 관한 이야기, 종이로 봉합한 문을 열고 방에 들어가 옥좌에 앉았던 이야기, 대부가 일러주었던 말들, 밭에서 농부를 만났던 일, 송아지가 밭을 짓밟았던 일, 송아지가 주인 아주머니에게 달려와 안도의 표정을 짓던 일 등을 하나도 빠짐없이 모두 다 이야기했다.

「악을 악으로 없앨 수 없다는 사실은 깨달았습니다만 그 악을 없애는 방법을 모르겠습니다. 그 해답을 알려주십시오.」

대자의 말을 들은 은자는 말했다.

「그 외에 네가 이곳으로 오면서 보았던 일들이 더 있으면 말해 보거라.」

대자는 자세를 가다듬고 다시 말을 이었다. 명절을 맞이해서 주인 아주머니가 방과 식탁을 청소하던 일, 농부들이 수레바퀴를 만들기 위해 나무를 구부리던 일, 목동들이 모닥불을 피우기 위해 불을 살리려 했던 일 등을 은자에게 말했다.

대자의 이야기를 다 듣고 난 은자는 오두막으로 들어가
더니 이 빠진 도끼 한 자루를 들고 나왔다.

「자, 가자!」

은자는 얼마쯤 가다가 걸음을 멈추고 나무 한 그루를 가
리켰다.

「이 나무를 베어라.」

대자는 도끼로 나무를 힘껏 찍어 쓰러뜨렸다.

「이번엔 그 나무를 세 토막으로 자르거라.」

대자가 나무를 세 토막으로 자르는 동안 은자는 오두막
에 가서 불을 가져왔다.

「나무토막을 태워라.」

대자는 불을 피워 나무토막을 태웠고, 얼마쯤 타던 나무
토막은 이내 불이 꺼져버렸다. 은자는 타다 만 세 개의 나무
토막을 가리키며 말했다.

「이것들을 세워서 땅에 반쯤 묻거라.」

대자는 은자가 시키는 대로 불에 타다 만 나무토막들을
땅에 반쯤 묻었다. 그러자 은자는 또
지시를 내렸다.

「저 산 아래 강이 보이느냐. 저
강으로 내려가서 입 안 가득 물을
머금고 와서 불에 탄 나무에 물을 주거라.
첫번째 나무토막에는 네가 청소하던 여자에게 가르쳐준 것
처럼 물을 주고, 두 번째 나무토막에는 수레바퀴를 만들던

189

농부들에게 가르쳐준 것처럼 물을 줘라. 그리고 세 번째 나무토막에는 목동들에게 가르쳐준 것처럼 물을 줘야 한다. 이 세 나무토막에서 모두 싹이 돋아 사과나무로 자라게 되면, 그때 비로소 세상의 악을 없애는 해답을 얻을 것이다. 그렇게 되면 네가 지은 죄와 다른 사람이 지은 죄를 모두 갚을 수 있느니라.」

말을 마친 은자는 숲속 오두막으로 가버렸다. 대자는 은자의 말을 귀담아 듣기는 했지만 도무지 이해할 수가 없었다. 그 깊은 뜻을 헤아릴 수가 없었다. 그렇지만 대자는 은자의 뜻을 따르기로 다짐했다.

10

대자는 산 아래 강가로 내려갔다. 물을 입 안 가득 머금고 와서 불에 탄 나무토막 하나에 물을 뿌려주었다. 그리고 다시 내려가서 물을 잔뜩 머금고 와서 나무토막에 뿌려주었다. 이렇게 백 번을 계속했다. 그때서야 첫번째 나무토막을 덮고 있던 흙이 촉촉하게 젖어들었다. 곧 이어서 두 번째, 세 번째 나무토막에도 첫번째와 같은 방법으로 물을 길어다 주었다. 그렇게 반복해서 일을 하자, 지치기도 하고 배도 몹

시 고팠다. 그래서 먹을 것을 얻으려고 오두막으로 내려갔다. 그런데 오두막 문을 열어보니 은자는 긴 의자 위에 자는 듯 누워 숨져 있었다.

대자는 이곳저곳을 뒤져 마른 빵 한 조각을 찾아 우선 고픈 배를 채웠다. 그리고 작은 삽을 찾아 은자의 무덤을 만들기 위해 땅을 파기 시작했다.

낮에는 땅을 파고 밤이 되면 다시 나무토막에 물을 주었다. 어느 정도 땅이 다 파진 것 같아 은자를 묻으려고 하는데 마을 사람들이 찾아왔다. 은자를 위해 빵을 가져온 것이다. 대자를 처음 본 사람들은 은자가 죽으면서 자기 자리를 대자에게 물려준 것으로 생각했다. 사람들은 다 같이 은자의 무덤을 만든 다음 가져온 빵을 대자에게 주었다. 그리고 다시 오겠다며 마을로 내려갔다.

대자는 오두막에서 혼자 살게 되었다. 사람들이 가져다준 빵을 먹으면서 하루도 빠짐없이 은자가 유언처럼 남기고 간 일을 했다.

어느덧 1년이 흘렀다. 마을에 그에 대한 소문이 퍼지면서 오두막으로 그를 찾아오는 사람들이 점점 많아졌다. 그 소문은, 숲속 오두막에 성인이 살고 있는데 그는 강가에 나가 입으로 물을 떠와서 불에 탄 나무토막에 물을 주면서 도를 닦고 있다는 것이었다.

소문이 퍼질수록 찾아오는 사람은 더욱 많아졌다. 어떤

돈 많은 상인은 선물을 사오기도 했다. 그러나 대자는 꼭 필요한 물건 외에는 어떤 것도 받지 않고 모두 가난한 사람들에게 나눠주었다.

대자의 하루 일과는 두 가지였다. 아침에 해가 뜨면 입으로 물을 길어와 나무토막에 물을 주고, 오후가 되면 사람들을 만나 이야기를 나누는 것이었다. 대자는 이런 생활을 통하여 악을 없애고 죄를 갚을 수 있으리란 생각을 했다.

그렇게 1년을 보냈다. 그는 단 하루도 빠짐없이 불에 탄 나무토막에 물을 주었지만, 어느 나무토막에서도 기다리는 싹은 돋아나지 않았다.

그러던 어느 날 대자가 숲속 오두막에서 잠시 휴식을 취하고 있는데 노래를 부르며 말을 타고 지나가는 사람이 있었다. 대자는 그 사람이 누군지 궁금해서 밖으로 나가보았다. 건강한 젊은 남자였는데 비싼 옷을 입었고 말 안장도 값비싼 것이었다.

대자는 그 젊은이를 불러 세웠다. 어디에 살며, 무엇을 하는 사람인지, 그리고 어디로 가는지 물었다.

그 젊은이는 말을 세우고 당당하게 말했다.

「나는 강도다. 여기저기 다니면서 사람을 죽이고 있지. 난 사람을 많이 죽이면 죽일수록 기분이 좋아져 노래가 절로 나온다구.」

순간, 대자는 소름이 끼쳤다. 그리고 마음속으로 생각했다.

〈어떻게 하면 저 젊은이의 가슴속에 있는 죄의 뿌리를 지울 수 있을까? 나를 찾아오는 사람들은 모두 자신의 죄를 뉘우치는데, 저 사람은 악한 일을 자랑으로 여기고 있지 않은가.〉

대자는 아무 대꾸도 하지 않고 옆으로 비켜서서 앞으로의 일에 대해 생각해 보았다.

〈저 강도가 오두막 근처를 돌아다니면 사람들이 공포에 떨 것이고, 나를 찾는 발길도 끊어질 텐데. 그렇게 되면 마을 사람들에게도 좋을 게 없고, 나는 또 어떻게 해야 하는 거지?〉

대자는 앞으로 살아갈 날들이 걱정스러웠다. 그렇다고 이대로 방관할 수만은 없는 일이었다. 대자는 마음을 가다듬고 강도 앞으로 다가갔다.

「이보시오, 젊은이! 이곳으로 나를 만나러 온 사람들은 모두 자신의 잘못된 행동을 자랑하지 않았소. 그뿐 아니오. 자신이 지은 죄를 뉘우치며 용서를 빈다오. 젊은이도 하느님이 무서우면 죄를 뉘우치시오. 만약 그럴 생각이 없다면 당장 여기를 떠나시오. 그리고 두 번 다시는 이곳에 오지 마시오. 행여나 나를 괴롭히거나 마을 사람들을 위협해 내게 오지 못하게 하는 일은 하지 마시오. 내 말을 새겨듣지 않으면 분명 하느님께서 벌을 내리실 게요.」

그러자 강도가 비웃으며 말했다.

「난, 하느님 따위는 무섭지 않아. 네 말을 듣지 않겠어. 너는 내 주인이 아니야. 너는 기도하며 먹고살지만 나는 그렇지 않아. 난 강도질로 먹고살지. 사람은 각자 자기 방식대로 사는 거야! 그 따위 설교는 마을에서 찾아오는 아낙네들에게나 하시지. 당신이 하느님을 들먹거리며 나에게 설교한 대가로 내일은 죄 없는 사람이 둘이나 죽어나갈 테니 어디 두고 보라구. 이봐! 난 당장 너를 죽일 수도 있어. 하지만 너를 죽여 내 손을 더럽힐 마음은 없어. 그러니까 똑바로 들어! 앞으로 내 눈에 띄지 않도록 조심해!」

강도는 험상궂은 표정으로 성깔을 부리며 겁을 주고는 가던 길로 발길을 돌렸다. 그 후 강도는 오두막 근처에 나타나지 않았다.

대자는 전처럼 평화로운 나날을 보내며 지냈다. 어느덧 8년이란 세월이 흘러갔다.

11

대자는 그날 밤에도 여느 날과 마찬가지로 불에 탄 나무토막에 물을 주고 오두막에서 쉬고 있었다. 그리고 오솔

길을 바라보다가 문득 사람들이 찾아올 것 같은 생각이 들었다. 그러나 사람들의 모습은 보이지 않았다. 대자는 조용히 앉아서 자신이 지금까지 살아왔던 지난날들을 되새겨 보았다. 그러다 문득 강도가 던진 말이 떠올랐다.

〈너는 하느님께 기도나 하며 먹고사는 놈이다.〉

그때 또 다른 생각이 대자의 머리를 스치고 지나갔다.

〈나는 은자의 가르침에 따르지 못하고 있는 것 같아. 은자께서는 영혼의 삶을 얻기 위해선 육신의 욕망을 버리라고 하시지 않았던가. 그런데 나는 그런 생활을 내세워 빵이나 얻어먹고, 사람들에게 떠받들어지기를 원하지 않았던가. 그리고 사람들이 찾아오면 마치 내가 무슨 성자나 수도자가 된 것처럼 기뻐했고, 어쩌다 사람들이 찾아오지 않는 날이면 우울한 나날을 보냈어. 분명 뭔가 잘못되고 있는 것 같아. 편안한 삶과 명성에 마음의 눈이 멀었어. 다른 사람의 죄를 대신 갚기는커녕 또 다른 죄를 범하고 있는 거야. 어서 이곳을 떠나 더 깊은 산 속, 사람들이 없는 곳으로 가야 해. 그래야 내 죄는 물론이고 다른 사람의 죄도 갚을 수 있어. 다시는 이런 죄를 범해서는 안돼.〉

이런 생각이 대자의 마음속을 짓눌렀다. 대자는 빵을 자루에 담아 짊어지고는 삽한 자루를 챙겨 오두막을 출발하여 골짜기로 접어들었다. 사람들의 눈에 띄지 않는 산 속 깊은 곳에 거처를 마련하고자 함이

었다.

　한참을 걷고 있는데 뜻하지 않는 일이 벌어졌다. 맞은편에서 강도가 말을 몰고 이쪽으로 오고 있었다. 대자는 놀라서 몸을 숨기려고 했지만, 이미 강도와 눈이 마주치고 말았다.

「어딜 그렇게 열심히 가는 거요?」

　강도가 큰소리로 물었다.

「사람들이 찾아오지 못하도록 깊은 산 속으로 가고 있는 중이요.」

「사람들이 찾아오지 않으면 뭘 먹고 살 거요?」

「하느님께서 일용할 양식을 주시겠지요.」

　대자는 구체적으로 어떻게 생활을 할 것인지를 생각해 보지 않았지만 강도의 물음에 서슴지 않고 대답을 했다. 대자의 말을 들은 강도는 아무런 대꾸도 하지 않고 그냥 지나갔다. 말을 타고 가는 강도의 뒷모습을 바라보며 대자는 생각했다.

　〈어떻게 사는지 물어보지를 않았네……. 그래도 예전에 비해 훨씬 부드러워진 것 같아. 자신이 행한 일을 뉘우치고 있는걸까? 옛날 같았으면 죽이겠다고 날뛰었을 텐데…….〉

　대자는 강도에게 큰소리로 말했다.

「죄를 뉘우치시오. 하느님께 용서를 빌어요!」

　그 순간 강도의 말머리가 휙 돌아오는 듯 싶더니 이내 대자를 향해 칼을 뽑아 대자의 목을 치려고 했다. 대자는 급히 몸을 피해 숲속으로 달아났다.

강도는 뒤쫓아오지는 않았지만 크고 우렁찬 목소리로 말했다.

「두 번은 살려주겠다. 그러나 세 번째는 결코 살려주지 않을 테니, 살고 싶으면 내 눈앞에 절대로 나타나지 마라!」

대자는 강도를 피해 숲속을 헤매다가 저녁 무렵에 오두막으로 갔다. 불에 탄 나무토막에 물을 주기 위해서였다. 강가로 나가 입에 물을 머금고 나무토막 앞으로 갔다. 그런데 놀라운 일이 벌어졌다. 하나의 나무토막에 연초록 싹이 솟아올라 있는 것이었다. 잎을 자세히 보니 사과나무였다.

12

사람들로부터 몸을 숨긴 대자는 혼자만의 생활을 시작했다. 그런데 그동안 비축해 두었던 먹을 것이 모두 바닥이 났다. 그래서 산 속으로 더 깊이 들어가 풀뿌리라도 캐야겠다고 마음먹고 오두막을 나섰다. 양식이 될 만한 풀뿌리를 찾아 숲을 헤매다가 나뭇가지에 걸린 자루 하나를 발견했다. 자루를 들여다보니 빵이 가득 들어 있었다. 대자는 나뭇가지에 걸린 빵자루를 가져와서 먹었다.

그런데 이상하게도 빵이 떨어질 때쯤이면 그 나뭇가지에 다른 빵자루가 또 걸려 있는 것이었다. 그래서 대자는 별다른 어려움 없이 살 수 있었다. 다만 〈다시 강도가 나타나면 어떡하나?〉 하는 걱정뿐이었다. 강도에게 잡혀 죽게 되면 죄를 갚지 못한다는 두려움 때문이었다.

그렇게 또 10년이 흘렀다. 여전히 나무토막에 열심히 물을 주었지만 한 그루만 사과나무로 자랐고, 나머지 두 나무토막은 그대로였다.

어느 이른 아침이었다. 나무토막이 흠뻑 젖도록 물을 주고, 앉아 쉬면서 대자는 생각에 잠겼다.

〈난 죽음을 두려워하고 있어. 나는 또 죄를 지은 거야. 하느님께서 원하신다면 죽음으로 나의 죄를 사하리라.〉

마치 기도라도 하는 듯 마음을 다스리고 있는데 갑자기 어디선가 말발굽 소리가 들렸다. 강도가 욕을 하며 달려오고 있었다. 대자는 도망을 치려다가 마음을 바꿔먹고 강도 앞으로 갔다.

〈하느님께서 사람을 보내셨구나. 그가 악한 사람이든 선한 사람이든 하느님께서 보낸 사람이야.〉

하지만 강도는 혼자가 아니었다. 말 안장 뒤에 어떤 남자가 타고 있었는데 입에 재갈을 물고 손이 묶여진 채 어딘가로 끌려가고 있었다. 붙잡힌 남자는 꼼짝도 못하고 있는데도, 강도는 험상궂은 얼굴로 마구 욕설을 퍼붓고 있었다. 대자는 강도의 길을 막아섰다.

「이 사람을 어떻게 하려는 거요?」

「이놈은 상인의 아들인데, 이놈 아버지가 돈을 어디에 감춰뒀는지 말을 하지 않는단 말이야. 말을 할 때까지 혼을 내줘야겠어!」

강도는 말을 몰아 숲으로 가려고 했다.

순간, 대자는 강도가 탄 말고삐를 붙잡으며 소리쳤다.

「이 사람을 풀어주게!」

화가 머리끝까지 난 강도는 채찍을 들어 대자를 치려고 했다.

「너도 죽고 싶어? 약속한 대로 이번에는 너도 죽여주겠다. 어서, 이 말고삐를 놓지 못해!」

대자는 겁나지 않았다.

「못 놓겠네. 내게 두려운 건 자네가 아니라 오직 하느님뿐이라네. 그런데 하느님께서 이 말고삐를 꼭 붙들고 있으라고 말씀하셨어. 어서 죄 없는 이 남자를 풀어주게.」

험상궂은 얼굴로 대자를 노려본 강도는 칼을 뽑더니 상인의 아들을 묶었던 밧줄을 끊어버렸다.

「모두 없어져! 두 번 다시 내 앞에 얼씬도 하지 마!」

상인의 아들은 있는 힘을 다해 달아났다. 강도는 말을 몰아 가려고 했다. 그러자 대자는 강도를 불러 세우고는 더 이상 나쁜 짓을 하지 말라고 타일렀다. 강도는 대자의 말을 듣는 둥 마는 둥 대꾸도 하지 않고 가버렸다.

다음날 아침이었다. 대자가 나무토 막에 물을 주려고 갔더니 또 하나의 나무토막에 잎이 돋아나 있었다. 두 번째 역시 사과나무였다.

13

또다시 십 년이 흘렀다. 오두막에서 지내는 대자는 원 하는 것도, 두려울 것도 없었다. 마음은 평화와 기쁨으로 가 득 차 있었다.

〈하느님께서는 사람들에게 많은 행복을 주셨어. 그런데 사람들은 주어진 행복을 알지 못하고 자신을 괴롭히며 살아 가고 있어. 얼마든지 기쁜 마음으로 지낼 수 있는데도 말이 야. 어디 그뿐인가. 모두들 자신을 괴롭히는 죄악에 시달리 고 있어.〉

대자는 이런 사람들이 불쌍해졌다. 마을로 내려가 자기 가 생각하고 있는 것들을 알려주고 싶었다. 이런 생각을 하 고 있는데 어디선가 말발굽 소리가 들렸다.

강도였다. 대자는 강도가 그냥 지나가도록 내버려두었다.

〈저런 포악한 놈에게 말해 봤자 무슨 소용이 있겠어. 무슨

말인지도 못 알아들을 것이고, 알려고 하지도 않을 텐데.〉

대자는 이런 생각이 들어 강도에게는 그 어떤 말도 해주고 싶지 않았다. 그러나 다시 마음을 고쳐먹고 강도에게 다가갔다.

강도는 침울한 표정으로 고개를 떨군 채 말을 타고 있었다. 순간 대자는 강도의 그런 모습이 불쌍해 보였다. 대자는 강도에게 달려가 그를 붙들었다.

「사랑하는 형제여, 부디 자신의 영혼을 불쌍히 여기시게. 형제의 마음속에도 하느님이 살아 계신다네. 형제는 자신과 다른 사람을 괴롭히며 살았네. 계속 이렇게 살아간다면 더 큰 고통을 겪게 될 걸세. 그렇지만 형제여, 알고 있는가. 하느님께서 형제에게 얼마나 큰 행복과 사랑을 주시는가를. 그러니 지금부터 자신을 사랑하는 법을 배워 자신을 파멸의 구덩이로 끌고 가지 말게. 형제여, 악의 길을 청산하고 새로운 삶을 시작하게.」

대자의 말을 듣던 강도의 표정이 갑자기 험악하게 돌변했다. 그리고 대자의 손을 뿌리치며 말했다.

「저리 비키지 못해!」

하지만 대자는 물러서지 않고 강도의 다리를 붙들며 눈물을 흘렸다. 강도는 이런 대자를 쏘아보는가 싶더니 이내 말에서 내려 대자 앞에 무릎을 꿇었다.

「노인장, 당신이 저를 꺾으셨습니다. 저는 지난 이십 년 동안 나쁜 짓을 하면서 당신과 맞서 왔습니다. 그러나 결국 제가 지고 말았습니다. 당신이 저를 이겼어요. 저는 제 자신을 어떻게 할 수 없습니다. 이제부터 당신 뜻대로 하십시오. 처음 당신이 저에게 설교했을 때는 죽도록 화가 났습니다. 하지만 제가 당신의 말을 떠올리게 된 것은, 당신이 사람들에게 아무것도 원하지 않을 때였습니다.」

대자는 아주 먼 옛날 일이 떠올랐다. 하룻밤 신세를 지러 갔던 주인 아주머니를 생각하며 걸레는 깨끗이 빨았을 때만이 식탁을 깨끗하게 닦을 수 있다는 것을 깨달았다. 그렇듯 자신만 걱정하지 않고, 먼저 자신의 마음을 깨끗하게 했을 때만이 다른 사람의 마음도 깨끗하게 만들 수 있다는 것을……

강도의 고백은 계속됐다.

「제 마음이 흔들리기 시작한 것은 당신이 죽는 것을 두려워하지 않았을 때부터였습니다.」

무슨 연유인지 강도의 말을 들으면서 대자는 수레바퀴를 만들던 농부들이 떠올랐다. 받침틀을 고정시켜야 수레바퀴를 만드는 나무를 구부릴 수 있다는 사실을……

강도는 말을 이었다.

「저의 악한 마음이 완전히 바뀐 것은 당신이 저를 불쌍하게 여기시고 저를 위해 눈물을 흘렸을 때였습니다.」

대자의 마음은 기쁨으로 가득 찼다. 그리고 강도를 데리고 불에 탄 나무토막이 있는 곳으로 갔다. 그런데 싹이 돋아나지 않던 마지막 나무토막에서 파릇한 사과나뭇잎이 피어나고 있었다.

대자는 또 새벽에 만난 목동들이 모닥불을 피우던 일이 떠올랐다. 아무리 젖은 나무라고 해도 모닥불이 활활 타오를 때 얹으면 그 젖은 나무도 타오르게 된다는 사실은, 사람도 그 모닥불처럼 자신의 마음이 활활 타오른 다음에야 다른 사람의 마음도 태울 수 있다는 것을 깨닫게 했다.

비로소 대자는 자신의 죄와 다른 사람의 죄를 모두 갚게 되었다. 대자의 눈에 기쁨의 눈물이 흘렀다. 대자는 자신이 겪었던 이야기를 강도에게 들려주고 조용히 눈을 감았다. 강도는 대자의 시신을 정성껏 염해서 장례를 치렀다. 그리고 그는 다른 사람들을 선한 길로 인도하며 살았다. 대자가 살았던 것처럼.

사랑이 있는 곳에
신이 있다

어느 마을에 마르틴 아브데이치라고 하는 구두 수선공
이 있었다. 그는 창이 하나 딸린 지하의 작은 방에 살고 있
었는데 그 방의 창문은 길 쪽으로 나 있었다.

그 창문으로는 사람들이 지나가는 모습이 잘 보였다. 잘
보인다고 해도 겨우 발만 보이는 정도였지만, 마르틴은 구두
만 보아도 그 사람이 누군지를 알 수 있었다. 그는 오랫동안
그곳에서 살았기 때문에 아는 사람들이 많았다. 사실 그 근
처에 사는 사람치고 한두 번 정도 그의 손길을 거친 구두를
신지 않은 사람은 없을 정도였다. 구두창을 갈아준 것도 있
고, 덧대어준 것도 있고, 터진 곳을 꿰매주거나, 때로는 가죽
전체를 갈아준 적도 있다. 그래서 그는 가끔 창문으로 자신
의 손을 거쳐간 구두를 감상하기도 했다.

마르틴은 항상 일거리가 많았다. 솜씨도 좋았고 좋은 재
료를 쓰는 데다 가격도 저렴하며 무엇보다도 약속을 정확하
게 지키기 때문이다. 그는 기한 내에 할 수 있는 일이면 맡
았지만, 그렇지 않은 경우에는 미리 거절했다. 절대로 지키
지 못할 약속은 하지 않았다. 그래서 그의 이름은 널리 알려

졌고, 항상 일거리가 끊이질 않았다.

마르틴은 본성이 착한 사람이었다. 점점 나이가 들면서 자신의 영혼에 대해 깊이 생각하며 하느님을 좀더 가까이하게 되었다.

마르틴이 가게를 차리기 전, 주인 밑에서 일할 때 그의 아내는 세 살배기 아들을 남겨두고 먼저 세상을 떠났다. 그 아이 위로 아이들이 더 있었지만 모두 어린 나이에 세상을 등졌다. 마르틴은 처음에 이 아이를 시골에 사는 여동생에게 맡기려고 했지만 아들과 떨어져 살 수가 없었다.

〈카피토시카도 낯선 집에서 지내는 게 힘들 거야. 그냥 곁에 두고 내가 키우자.〉

마르틴은 주인집에서 나와 어린 아들과 함께 셋방살이를 시작했다. 그런데 그는 자식복이 없었는지 아이가 겨우 아버지의 일을 도울 수 있는 나이가 되었을 때 그만 병에 걸려 일주일을 꼬박 앓다가 끝내 죽고 말았다.

아들을 땅에 묻고 돌아온 마르틴은 깊은 절망에 빠져들었다. 그리고 하느님을 원망하기 시작했다. 그는 괴로움을 견디지 못해 하느님에게 죽게 해달라고 기도했다. 왜 자기 같은 늙은이의 목숨은 거두지 않고, 하나뿐인 귀여운 아들의 생명을 거둬갔냐며 하느님을 원망했다. 마침내 마르틴은 교회에도 발길을 끊게 되었다.

그러던 어느 날, 트로이차에서 같은 고향 출신의 노인이 마르틴을 찾아왔다. 그는 8년 동안이나 순례를 하고 있는

중이었다. 마르틴은 이 노인과 세상 돌아가는 이야기를 나누다가, 아들을 잃은 슬픔을 털어놓기 시작했다.

「전, 이젠 살고 싶은 생각도 없어요. 그저 빨리 죽고 싶을 뿐이에요. 그것만 하느님께 빌고 있어요. 전 아무런 바람도 없는 인간이 되어버렸어요.」

그러자 노인이 말했다.

「자네는 그렇게 말할 자격이 없네, 마르틴. 우리에겐 하느님의 뜻에 대해 이렇다 저렇다 말할 자격이 없네. 세상 모든 일은 하느님의 마음에 달려 있는 거라네. 비록 자네 아들은 죽었지만, 자네가 살아 있는 것은 다 하느님의 뜻이네. 자네가 낙담하고 있는 건, 자네가 자신만의 행복을 위해 살려고 하기 때문일세.」

「그렇다면 인간은 무엇을 위해 살아야 합니까?」라고 마르틴이 물었다.

그러자 노인이 말했다.

「하느님을 위해서지. 자네에게 생명을 주신 분이 하느님이기 때문에 하느님을 위해서 살아야 하네. 하느님을 위해 산다면 슬픔도 잊게 되고 어떤 시련이 닥쳐도 끄떡없네.」

마르틴은 한참 동안 가만히 있다가 다시 말했다.

「그럼, 어떻게 하는 것이 하느님을 위해 사는 것입니까?」

노인이 대답했다.

「어떻게 하는 것이 하느님을 위해 사는 것인지는 주님께서 가르쳐주실 거야. 자네, 글 읽을 줄 아나? 그렇다면 먼저 성경을 읽어보게. 성경에는 우리가 어떻게 살아야 하는지, 또 주님을 위해 뭘 해야 하는지 쓰여 있다네. 성경에는 모든 것이 들어 있지.」

노인의 말은 마르틴의 마음에 깊이 와 닿았다. 그래서 그는 곧장 나가서 큰 활자로 인쇄된 성경을 사와서 읽기 시작했다.

처음에는 휴일에만 읽으려고 했는데, 읽다 보니 마음이 아주 편안해져서 어느새 매일 읽게 되었다. 어떤 때는 읽는 데 너무 열중한 나머지, 램프의 기름이 다 떨어졌는데도 성경에서 눈을 떼지 못했다. 그렇게 해서 마르틴은 매일 밤 성경을 읽게 되었다. 그리고 읽으면 읽을수록 점점 확실하게 어떻게 살아야 하는지, 또 하느님을 위해 살기 위해서는 어떻게 해야 하는지를 깨닫게 되었다.

마르틴의 마음은 점점 평화로워지고 있었다. 이전에는 밤에 잠자리에 들어서도 한숨만 내쉬며 카피토시카 생각에 눈시울을 붉히는 일이 많았지만, 요즘은 이렇게 말할 뿐이었다.

「당신께 영광 있으라. 당신께 영광이…… 주여, 당신만이 저희들의 마음을 채울 수 있습니다.」

그때부터 마르틴의 생활은 변하기 시작했다. 이전에는 휴일만 되면 술집 같은 곳에 가서 차를 마시거나 가끔씩 보

드카 한두 잔을 했다. 취할 정도로 마시는 건
아니었지만 들뜬 기분으로 술집에서 나오
면 엉뚱한 소리를 해대거나, 지나가는 사
람에게 시비를 걸며 소리를 지르는 일도 자
주 있었다. 하지만 그런 행동들은 어느새 자연
스럽게 없어졌고, 그의 생활은 평화롭고 즐거
운 나날의 연속이었다.

그는 낮에는 열심히 일을 했고, 밤에는 벽에 걸어두었던
램프를 떼어 책상 위에 놓고, 선반에서 성경을 가져와 읽기
시작했다. 성경은 읽을수록 점점 더 깨닫는 것이 많아서 마
음도 밝아지고 한결 가벼워졌다.

마르틴은 그날도 여느 때처럼 밤늦게까지 성경을 읽고
있었다. 누가복음 제6장을 읽는 중이었는데 이런 구절이 있
었다.

「누가 네 뺨을 치거든 다른 쪽 뺨도 돌려주고, 누가 네 겉
옷을 빼앗거든 속옷도 마저 내어주라. 무릇 네게 구하는 자
에게 아낌없이 주며, 네 것을 가져가는 자에게 다시 달라 하
지 말며, 남에게 대접을 받고자 하는 대로 너희도 남을 대접
하라.」

그는 계속 다음 구절도 읽어나갔다.

「너희는 나를 주여 주여, 부르면서도 어찌하여 내가 말하
는 것을 행하지 아니하느냐? 내게 와서 내 말을 듣고 행하
는 자마다 누구나 같은 것을 너희에게 보이리라. 집이란 주

초를 반석 위에 놓은 사람과 같으니 지을 때 땅을 깊이 파면 홍수가 나도 흔들리지 않으리라. 이를 듣고 행하지 아니하는 자는 주초 없이 흙 위에 집을 지은 사람과 같으니 탁류에 부딪쳐서 집이 곧 무너져 내리리라.」

마르틴은 이런 구절을 읽자 기쁨으로 가슴이 벅찼다. 그는 안경을 벗어 성경 위에 올려놓고 탁자에 팔을 걸쳐 턱을 괴고 앉아 골똘히 생각에 잠겼다. 그리고 자신의 생활을 성경에 비추어보았다. 그러자 문득 이런 생각이 들었다.

〈우리 집은 반석 위에 세워져 있나? 아니면 모래 위인가? 반석 위에 세워진 집이라면 얼마나 좋을까? 이렇게 혼자 있을 때는 마음도 편안하고 모든 일을 하느님의 말씀대로 하고 있는 것 같은데, 어쩌다 보면 죄를 저지르고 있단 말이야……. 그래도 열심히 살아보자. 그게 제일이야! 신이시여, 저를 도와주소서…….〉

마르틴은 이렇게 생각하고 그만 자야겠다는 생각을 했지만 좀처럼 성경을 놓기가 싫었다. 그는 다시 제7장을 읽기 시작했다. 백부장 이야기와 과부의 아들 이야기, 요한이 제자들에게 들려준 답변 등을 읽고 난 다음, 부자 바리새인이 주님을 자신의 집에 초대했다는 구절까지 읽었다. 그리고 죄를 지은 한 여자가 주의 발에 향유를 바르고 눈물로 발을 씻었다는 이야기와, 주가 그녀의 죄를 용서해 주었다는 이야기도 읽었다.

그는 44절까지 읽고 나서, 허리를 한번 편 다음, 계속 읽기 시작했다.

「여자를 돌아보시며 시몬에게 이르시되, 너희는 이 여자를 보아라. 내가 네 집에 갔을 때 너는 내게 발 씻을 물도 주지 아니하였으나 이 여자는 눈물로 내 발을 적시어 씻어주었고, 너는 내게 입 맞추지 아니하였으나 저 여인은 내가 들어갈 때부터 내 발에 입 맞추기를 그치지 아니하였고, 너는 내 머리에 향유를 바르지 아니하였으나 저 여인은 내 발에 향유를 발랐느니라.」

마르틴은 이 구절을 읽고 잠시 생각했다.

〈발 씻을 물도 주지 아니하고, 입 맞추지도 아니하고, 머리에 향유도 바르지 아니하고……〉

마르틴은 안경을 벗어 성경 위에 올려놓고 잠시 생각에 잠겼다.

〈이 바리새인은 아마 나 같은 인간이었을 거야. 나도 내 생각만 하면서 살았으니까. 어떻게 차를 마실까, 어떻게 몸을 따뜻하게 할까……. 이런 생각만 하면서 다른 사람 생각은 추호도 하지 않았지. 나만 편하면 된다는 생각만 했던 거야. 그렇다면 나에게 있어서 손님이라면 누구를 말하는 걸까? 분명, 하느님을 말하는 거겠지? 만약 하느님이 우리 집을 방문하셨다면 나도 그와 같은 행동을 하지 않았을까?〉

마르틴은 턱을 괴고 생각에 빠져 있다가 어느새 잠이 들었다.

「마르틴!」

누군가가 귓가에서 부르는 소리가 들렸다. 마르틴은 잠결에 깜짝 놀라 일어났다.

「누구시오?」

마르틴은 고개를 돌려 문 쪽을 쳐다보았지만 아무도 없었다. 그는 다시 누웠다. 그때 분명 또렷하게 들리는 소리가 있었다.

「마르틴, 내일 큰길에 나가보거라. 내가 갈 것이다.」

마르틴은 벌떡 일어나 두 눈을 비벼보았다. 그러나 그 소리를 들은 게 꿈인지 생시인지 알 수가 없었다. 그래서 그는 램프를 돌려 끄고 다시 잠자리에 들었다.

다음날 아침, 그는 동이 트기도 전에 일어나서 하느님께 기도를 하고 난로에 불을 지펴 수프와 오트밀을 준비하고, 주전자에 물을 끓였다. 그런 다음 앞치마를 여미고 나가 창 쪽에 자리를 잡고 앉아 일을 시작했다. 마르틴은 앉아서 일을 하면서도 머릿속으로는 어젯밤 꿈만 생각했다. 꿈을 꾼 것 같다가도, 실제로 그 목소리를 들은 것 같기도 했다.

〈그래, 그런 일은 흔히 있는 일이야.〉라고 그는 생각했다.

마르틴은 창가에 앉아 일에 열중하기보다는 큰길을 내다보는 시간이 더 많아졌다. 낯선 신발을 신은 사람이 지나가기라도 하면 그 사람의 얼굴을 보기 위해 몸을 구부려 창 밖을 내다보았다. 새 펠트장화를 신은 마부도 지나가고, 물을 나르는 사람도 지나갔다. 그 뒤로 삽을 든 니콜라스 1세 시대 때의 늙은 군인도 있었다. 마르틴은 그 군인이 신고 있는 낡은 펠트장화를 보고 금방 그를 알아보았다. 그는 스테파누이치라고 하는데, 이웃의 한 상인이 인정을 베풀어 그에게 일거리를 주고 있었다. 그가 주로 하는 일은 정원사를 돕는 일이었다. 그 노인은 마르틴의 창문 앞에서 쌓인 눈을 치우기 시작했다. 마르틴은 잠시 그를 힐끗 쳐다보더니 다시 하던 일을 계속했다.

〈이거 참, 나도 나이를 먹더니 망령이 들었나. 스테파누이치가 눈 치우러온 것을 하느님이 찾아온 거라고 생각했으니. 이런 늙은이, 확실히 망령이 든 게 틀림없어.〉라며 마르틴은 혼자 낄낄거렸다.

열 땀 정도를 더 기우고 나자 다시 창문 쪽으로 마음이 쏠렸다. 그래서 또다시 창 밖을 내다보니, 스테파누이치가 삽을 벽에 세워놓고 따뜻한 볕을 쬐는 건지, 쉬고 있는 건지, 망연히 서 있는 것이 눈에 들어왔다.

〈나이가 들어서 피곤한 데다, 이제는 눈 치울 기력도 없겠지.〉

마르틴은 이렇게 생각했다.

〈저 사람한테 따뜻한 차 한잔 대접할까? 마침 주전자에 물도 끓고 있는데…….〉

마르틴은 쓰던 바늘을 꽂고 일어나서는 식탁 위에 주전

자를 올려놓고 차를 준비했다. 그리고 손가락으로 유리창을 톡톡 두드렸다. 그러자 스테파누이치는 몸을 돌려 창 쪽으로 다가왔다. 마르틴은 그에게 들어오라고 손짓하고는 문을 열어주며 말했다.

「자, 어서 들어오게. 몸을 좀 녹이는 게 좋겠어. 무척 추워보이는군.」

「아이고, 고마우이. 뼛속까지 얼어붙는 줄 알았네.」라고 스테파누이치가 말했다.

스테파누이치는 들어오자마자 몸에 있는 눈을 털어내고 바닥에 얼룩이 지지 않게 신발을 닦았다.

그런 모습을 보고 마르틴이 말했다.

「그냥 들어오게나. 나중에 내가 닦으면 되네. 그것보다 우선 이리 와서 차부터 한잔 마시게나.」

마르틴은 두 개의 잔에 차를 가득 채웠다. 한 잔은 스테파누이치에게 건네주고 나머지 잔을 들어 차받침 위에 올려놓고 후후 불어가며 마셨다.

스테파누이치는 차를 다 마신 뒤 찻잔을 식탁 위에 올려놓으며 고맙다는 인사를 했다. 하지만 어쩐지 차를 더 마시고 싶어하는 눈치였다.

마르틴은 「자, 한잔 더 마시게.」라고 말하며 자신과 스테파누이치의 찻잔에 차를 가득 따랐다. 마르틴은 차를 마시면서도 계속 길가 쪽만 바라보고 있었다.

「누구를 기다리고 있나?」 하고 스테파누이치가 물었다.

「누구를 기다리냐고? 글쎄, 자네에게 말하기 부끄러운 얘기지만 누구를 기다리는 것도, 그렇다고 기다리지 않는 것도 아니지. 어젯밤에 무슨 소리를 들었는데 그 소리가 아직도 가슴속에 남아서 지워지질 않네. 꿈인지 생시인지 도대체 알 수가 없어. 사실은 말야, 내가 어젯밤에 성경을 읽고 있었거든. 자네, 성경에 대해서 들어본 적 있나?」

「들어는 봤지만 난 까막눈이라 글을 읽을 줄 모른다네.」 하고 스테파누이치가 말했다.

「아, 그런가. 난 주님이 여러 곳을 순례하셨을 때의 일을 읽고 있는 중이야. 주님이 어느 바리새인을 찾아갔는데 그가 주님을 조금도 반기지 않았다는 부분이 있어. 어째서 주님을 정성스럽게 대접하지 않았을까? 하는 생각이 들더군. 그래서 곰곰이 생각해 보니, 나를 비롯해 다른 누구라도 어떻게 대접해야 좋을지 몰랐을 것 같다는 생각이 들더군. 아마 어떤 대접도 할 수 없었을 거야. 이런 생각을 하면서 어느새 잠이 들고 말았어. 잠들었다고 생각했는데 누군가 내 이름을 부르는 소리가 들렸어. 난 벌떡 일어났지. 그러자 누군가 속삭이듯이 〈마르틴, 내일 큰길에 나가보거라. 내가 갈 것이다.〉 하는 게 아닌가? 그것도 두 번씩이나 말야. 그런데 그 소리가 도무지 내 머릿속에서 떠나질 않아. 어리석은 생각이라고 스스로 꾸짖으면서도 난 이렇게 하느님을 기다리고 있다네.」

스테파누이치는 고개를 끄덕이기만 할 뿐 아무런 말도 하지 않았다. 그리고 차를 다 마신 후, 찻잔을 한쪽으로 치웠다. 그러나 마르틴은 다시 찻잔을 가져와 차를 부었다.

「자, 한잔 더 마시게. 몸에 좋을 걸세. 갑자기 생각난 거지만, 주님은 어떤 누구도 무시하지 않고 항상 고통 받는 사람들과 함께하셨어. 항상 그들의 집에 들르시고, 제자를 고를 때도 우리 같은 평범하고 힘 없는 노동자들 중에서 택하셨다네. 그리고 언제나 〈자기를 낮추는 자는 높아지고, 높이는 자는 낮아지게 될 지어다.〉라고 말씀하셨어. 또 〈너희들은 나를 주라 부르지만 내가 너희 발을 씻어줄 것이니, 누구라도 우두머리가 되려고 한다면 모두의 종이 되어야 하느니라. 이는 가난하고 겸손하며, 온화하고 정이 많은 사람이야말로 축복 받을 수 있기 때문이니라.〉라고 말씀하셨네.」

스테파누이치는 마르틴의 이야기에 열중해서 차를 마시는 것도 잊고 있었다. 그는 마음이 여린 노인인지라 마르틴의 이야기를 듣고 감동의 눈물을 흘렸다.

「자, 좀더 마시게.」라고 마르틴이 말했다.

그러나 스테파누이치는 가슴에 성호를 긋고 마르틴에게 고맙다는 인사를 하고 찻잔을 한쪽으로 치우며 일어섰다.

「고맙네, 마르틴 아브데이치. 자네 덕분에 몸도 마음도 따뜻해졌네.」

「아니, 천만에. 언제라도 다시 오게. 사람들이 찾아주는 것도 내겐 기쁨이라네.」라고 마르틴이 말했다.

스테파누이치는 밖으로 나갔다. 마르틴은 남은 차를 마저 따라 마시고 찻잔을 치운 다음, 다시 창문 옆의 작업대 앞에 앉아 구두 뒤축을 깁기 시작했다. 그는 일을 하면서도 여전히 창 밖을 내다보며 주님이 오시길 간절히 기도했다. 그의 머릿속에는 주님이 하신 일과, 주님의 말씀들로 가득 차 있었다.

창문 앞으로 두 병사가 지나갔다. 한 사람은 군화를 신고, 다른 한 사람은 신사화를 신고 있었다. 그 뒤로 깨끗하고 예쁜 구두  를 신은 이웃집 주인이 지나가고, 바구니를 든 빵집 주인도 지나갔다. 그들이 지나가고 털양말에 다 해진 구두를 신은 여자가 창가로 걸어왔다. 그리고 걸음을 멈추더니 창문에 가까운 담벼락에 기대섰다. 마르틴은 창 너머로 그 여자를 쳐다보았다. 보아하니, 궁색한 옷차림에 갓난아이까지 안고 있는 낯선 여자였다. 그녀는 차가운 바람을 등지고 서서 아기를 감싸안으려고 했지만 여름옷을 걸치고 있어서 아기를 감쌀 만한 것이 없었다. 창 너머로 계속 울고 있는 아기의 울음소리와 아기를 달래려고 애쓰는 여자의 목소리가 들렸다. 마르틴은 일어나 문을 열고 나가 계단 위에 서서 여자를 불렀다.

「이보시오, 아주머니. 이보시오!」

여자는 그 소리를 듣고 뒤를 돌아보았다.

「아니, 이렇게 추운 날 왜 아기를 안고 밖에 서 있소? 우리 집으로 들어와요. 방 안이 따뜻하니까 아기도 달랠 수 있을 게요. 자, 어서 들어오시오.」

여자는 깜짝 놀랐다. 앞치마를 두르고 코안경을 쓴 노인이 자신을 부르는 것이 아닌가. 여자는 마르틴을 따라 들어갔다. 계단을 내려가 방에 들어가자, 마르틴은 여자를 따뜻한 난롯가로 데려갔다.

「자, 여기 앉는 게 좋겠소, 아주머니. 난로 옆에서 천천히 몸을 녹이면서 아기에게 젖이라도 물려보쇼.」라고 마르틴이 말했다.

「전, 이제 젖도 나오지 않아요. 아침부터 아무것도 먹지 못했거든요.」

그녀는 말은 이렇게 했지만 곧 아기에게 젖을 물렸다.

마르틴은 너무 가엾다는 생각을 하며 주방으로 가서 빵과 따뜻한 수프를 접시에 담았다. 그리고 오트밀 냄비를 열어보았는데, 이미 다 먹고 없어 할 수 없이 빵과 수프만 식탁에 차려놓았다.

「자, 여기 앉아서 드시게. 아기는 내가 봐줄 테니. 나도 전에 아기를 키워 봐서 이 정도 돌보는 건 할 줄 알지.」

여자는 성호를 긋고 식탁 앞에 앉아 음식을 먹기 시작했다. 마르틴은 아기를 눕혀 놓은 침대에 걸터앉았다. 우는 아기를 달래보려고 입으로 소리를 내보았지만 이빨이 없는 탓에 소리가 나오지 않았다.

아기는 계속 울어댔다. 그래서 마르틴은 아기를 달래보려고 아기의 입 가까이에 손가락을 갖다대고 빙글빙글 돌렸다. 하지만 아기의 입 속에 손가락을 넣지는 않았다. 그의 손가락은 갖풀이 묻어 시커멓게 더럽혀져 있었기 때문이다. 아기는 손가락을 쳐다보며 울음을 그치더니 금세 방글방글 웃기까지 했다.

마르틴은 무척 기뻤다. 여자는 빵을 먹으면서 자신의 처지를 얘기했다.

「애 아빠는 군인이에요. 8개월 전에 원정을 떠났는데 아직까지 소식이 없어요. 이 애가 태어나기 전에는 남의 집에서 식모로 일을 했는데 이 애를 낳고는 쫓겨났어요. 아이 때문에 아무도 절 써주지 않더군요. 벌써 3개월째 하는 일 없이 이렇게 헤매고 있습니다. 가지고 있던 것은 모두 팔아서 먹는 데 써버렸어요. 유모 자리라도 들어가려고 했지만, 절 받아주는 곳이 없더군요. 제가 너무 말라서 젖이 제대로 안 나올 거라는 거예요. 오늘도 어떤 가게 주인을 만나고 오는 길입니다. 그 집에서 일하는 사람이 이웃집에 살고 있는데 저도 일할 수 있게 해준다는 약속을 했습니다. 전 바로 일할 수 있을 줄 알고 가봤더니, 가게 주인은 다음주에 다시 오라더군요. 그런데 그곳은 무척 먼 곳이었어요. 저도 많이 지쳤고 이 가여운 아이에게까지 고생을 시켰습니다. 다행히 주인

마님께서 저희를 불쌍히 여겨, 쉴 곳을 주셨기 망정이지, 그렇지 않았다면 앞으로 어디서 어떻게 살아야 할지 막막했을 거예요.」

마르틴은 한숨을 쉬며 말했다.

「그래, 겨울옷은 하나도 없는 건가?」

「네. 당장 겨울옷이 필요했지만 한 장 남아 있던 숄도 어제 저당 잡히고 말았어요.」

그녀는 침대 옆으로 가서 아기를 안았다. 마르틴도 일어나 구석 벽 쪽으로 가서 한참 동안 무얼 찾더니 소매 없는 낡은 겨울 외투를 들고 왔다.

「좀 낡긴 했지만 아기를 감싸기에는 충분할 거요.」라고 마르틴이 말했다.

여자는 낡은 외투와 마르틴을 번갈아 쳐다보다가, 외투를 받아들고는 울음을 터뜨렸다. 마르틴은 돌아서서 침대 밑을 더듬거리더니 가방을 하나 꺼내 다시 여자 옆으로 가서 앉았다.

그때, 여자가 말을 꺼냈다.

「할아버지, 감사합니다. 분명 주님께서 당신에게 은총을 내려주실 겁니다. 절 당신의 창가로 인도한 것은 아마 주님일 거예요. 그렇지 않았다면 이 아이는 얼어죽었을지도 몰라요. 제가 집을 나설 때만 해도 따뜻했는데, 갑자기 추워졌어요. 틀림없이 주님이 불쌍한 저희에게 은혜를 베풀어주신 거예요.」

마르틴은 웃으며 말했다.

「듣고 보니 그렇군. 틀림없이 주님이 하신 일이오. 내가 창문을 보고 있었던 건 이유가 있었기 때문이오, 부인.」

마르틴은 그녀에게도 어젯밤 꿈 이야기와 오늘 주님이 자기 집으로 오신다는 약속의 목소리를 들었던 일을 말해 주었다.

「그럼요, 어떤 일이 일어날지는 아무도 모르니까요.」

그녀는 이렇게 말하고 일어나 마르틴이 꺼내준 외투를 걸치고 그 안에 아기를 감싸안고는 마르틴에게 거듭 고맙다는 인사를 했다.

「자, 주님의 사랑이니 받으시오.」

마르틴은 그녀에게 몇 냥의 은화를 주며 말했다.

「이것으로 숄을 다시 찾는 게 좋겠소.」

그녀는 성호를 그었다. 마르틴도 성호를 긋고 그녀를 문 앞까지 바래다주었다.

그녀가 떠나자, 마르틴은 남은 수프를 먹고 설거지를 끝낸 다음, 다시 일을 시작했다. 일에 열중하면서도 가끔씩 창 밖을 내다보는 일은 잊지 않았다. 마르틴은 창 밖이 어두워지자 눈을 더 크게 뜨고, 누가 지나가는지를 유심히 살폈다. 낯익은 사람도 지나가고 모르는 사람도 지나갔지만, 특별히 눈에 띄는 사람은 한 사람도 없었다.

잠시 후, 문득 창문을 바라보니 맞은편에 서 있는 노파가 눈에 들어왔다. 그 노파는 사과가 든 바구니를 들고 있었다.

사과를 거의 다 팔았는지 바구니 안에는 사과가 몇 개 남아 있지 않았다. 그리고 어깨에는 나뭇가지가 가득 든 자루를 메고 있었다. 아마 어느 공사장에서 주워 집으로 가지고 가는 모양이었다. 노파는 그 자루가 무거웠는지, 다른 쪽 어깨에 메려고 자루를 바닥에 내려놓고, 사과 바구니는 말뚝 위에 걸어놓았다. 그리고 자루 안의 나뭇가지를 흔들어 정리하기 시작했다.

노파가 자루를 어깨에 다시 메려고 하는 순간, 갑자기 어디선가 찢어진 모자를 쓴 한 소년이 나타나 바구니 안에 있는 사과 하나를 훔쳐 달아나려 했다. 그러자 노파가 그걸 눈치채고 돌아서서는 순식간에 소년의 소매를 붙잡았다. 소년은 몸부림치며 달아나려고 했다. 노파는 양손으로 소년을 꽉 잡고 머리에 쓴 모자를 벗기더니 갑자기 머리채를 움켜잡았다. 소년은 울부짖고 노파는 그 소년에게 욕설을 퍼부었다.

이 광경을 지켜본 마르틴은 바늘을 꽂아놓을 새도 없이 바닥에 내팽개치고는 문 쪽으로 뛰어나갔다. 그러나 급하게 나가는 바람에 그만 계단에서 넘어져 안경을 떨어뜨리고 말았다. 마르틴이 길가로 달려갔을 때는 노파가 소년의 머리채를 움켜진 채 꾸짖으면서 소년을 경찰서로 끌고 가려고 했다. 소년은 줄곧 도망치기 위해 몸부림을 쳤다.

「난, 훔치지 않았어요. 왜 때려요. 이거 놔요.」

마르틴은 두 사람을 떼어놓으려고 소년의 손을 잡고 말했다.

「이제 그만 놔주시오, 할멈. 어린애잖소!」

「두 번 다시 못된 짓을 하지 않도록 따끔하게 혼을 내줄테요. 이 괘씸한 녀석. 너 같은 녀석은 혼 좀 나야 돼!」

마르틴은 노파에게 다시 한번 애원했다.

「그만 놔주구려, 할멈. 이 녀석도 다시는 안 그럴 게요. 하느님의 은혜로 한번만 봐주시오.」

이 말을 들은 노파가 소년을 놓아주자 소년은 그대로 도망치려고 했다. 그러자 마르틴은 그 소년을 불러 세웠다.

「아니, 이 녀석아! 할머니께 용서를 빌어야지. 다시는 이런 짓을 하면 안 된다. 네가 사과를 훔치는 걸 나도 똑똑히 봤어!」

소년은 울음을 터뜨리며 그제야 자신의 잘못을 빌기 시작했다.

「그래, 이젠 됐다. 자, 이 사과는 네게 주마.」

마르틴은 이렇게 말하며 사과 하나를 소년에게 주었다.

「할멈, 사과 값은 내가 내겠소.」라고 마르틴은 말했다.

「이런 식으로 하면 애들 버릇만 더 나빠져요. 저런 녀석은 두 번 다시 이런 짓을 못하도록 아주 혼을 내줘야 하는데…….」라고 노파가 말했다.

「할멈 말이 맞아요. 하지만 그건 우리들 생각이고 주님

생각은 그렇지 않다오. 만약 사과 하나 때문에 저 아이를 벌해야 한다면, 우리들이 지은 그 많은 죄는 어떻게 하겠소?」라며 마르틴이 말했다.

그러자 노파는 잠자코 있었다.

마르틴은 노파에게 어느 주인이 빚 갚을 능력이 없는 소작인의 큰 빚을 탕감해 주었더니, 정작 그 소작인은 자신에게 돈을 빌려간 사람의 멱살을 잡고 빚을 갚으라고 으름장을 놓았다는 이야기를 들려주었다. 노파와 소년은 마르틴의 얘기를 귀 기울여 듣고 있었다.

「주님은 우리에게 늘 용서하라고 말씀하셨소. 그렇지 않으면 우리들도 용서받지 못할 것이오. 누구든 용서해야 하는데, 하물며 아직 생각이 모자라는 아이에게는 더욱 그래야지요.」

노파는 고개를 끄덕이며 한숨을 쉬었다.

「그건 그렇지만, 이 아이는 너무 버릇이 없어요.」라고 노파가 말했다.

「그러니까 그런 건 우리 같은 어른들이 가르쳐줘야죠.」라고 마르틴이 말했다.

「그래요, 내 말이 그 말이오. 내게도 자식이 일곱이나 있었는데, 지금은 딸 하나만 남았다오.」라고 노파가 말했다.

그리고 노파는 그 딸과 자신이 지금 어디에서 어떻게 살고 있는지, 손자가 몇이나 되는지 이야기하기 시작했다.

「난 말이오, 이젠 기력이 딸리지만 아직도 일을 해요. 아직 어린 손자 녀석들을 위해서죠. 다들 착한 녀석들이라오. 어떤 녀석도 다른 사람들처럼 내게 함부로 말하는 녀석은 없죠. 그 중에서도 아쿠슈토커는 한시도 내 곁을 떠나려 하지 않는다오. 〈할머니, 사랑하는 우리 할머니.〉라고 하면서 말이오.」

이야기를 하는 동안 노파는 기분이 완전히 풀린 듯했다.

「그래, 너도 철없는 생각에 그랬겠지.」라고 노파는 소년을 향해 말했다.

노파가 자루를 어깨에 메려고 하자, 소년이 재빨리 옆으로 달려와 말했다.

「할머니, 제가 들고 갈 게요. 어차피 저도 그쪽으로 가거든요.」

노파는 고개를 끄덕이며, 자루를 소년의 어깨에 올려주었다.

이렇게 두 사람은 나란히 길을 걷기 시작했다. 노파는 마르틴에게 사과 값을 받는 것도 잊어버린 모양이었다. 두 사람이 떠나자 마르틴은 그 자리에 우두커니 서서 두 사람의 뒷모습을 지켜보았다. 그들은 뭔가 다정하게 이야기를 주고받으며 걸어가고 있었다.

마르틴은 방으로 돌아갔다. 그리고 계단 위에 떨어진 안경을 찾았다. 다행히 안경은 깨지지 않았다. 그리고 바닥에 떨어진 바늘을 주워서 다시 일을 시작했다. 일을 하고 있는데, 어느새 날이 어두워져서 실이 바늘에 잘 꿰어지지 않았다. 문득 정신을 차려보니 밖에는 가로등에 불을 켜는 사람이 돌아다니고 있었다.

마르틴은 일어나서 램프에 불을 붙여 걸어놓고 다시 일을 시작했다. 한쪽 장화를 완성한 후, 그 장화를 돌려가며 이음새를 살펴보니 별 이상 없이 잘 꿰매져 있었다. 그제야 연장들을 모아 정리하고, 가죽 조각을 쓸어 모아놓고, 실과 바늘을 정리했다. 그리고 램프를 떼내어 식탁 위에 올려놓고 선반에서 성경을 꺼냈다.

마르틴은 어제 가죽 책갈피를 끼워둔 곳을 폈는데, 다른 데가 펼쳐졌다. 성경을 펼친 순간, 어젯밤 꿈이 생각났다. 그런데 갑자기 누군가가 뒤에서 다가오고 있는 느낌이 들었다. 어두운 구석에 누군가 서 있는 듯했다. 사람은 분명한데 누군지 알아볼 수는 없었다. 그때 어디선가 귀에 익은 목소리가 들려왔다.

「마르틴, 마르틴! 너는 나를 모르겠느냐?」

「누구시죠?」라고 마르틴이 물었다.

「나일세. 보거라, 이게 날세.」

그러자 구석에서 스테파누이치가 나와서 싱긋 웃더니 금세 구름처럼 희미하게 사라져버렸다.

「이것도, 나라네.」라는 목소리가 들렸다.

그러더니 어둠 속에서 아기를 안은 여자가 걸어나왔다.

여자는 미소를 지었고, 아기도 방글방글 웃고 있었는데, 어느새 사라져버렸다.

「이것도 나였어.」

이윽고 노파와 사과를 손에 쥔 소년이 나타났다. 두 사람은 미소를 짓는가 싶더니, 역시 금세 사라졌다.

마르틴은 너무나 기뻤다. 그는 가슴에 성호를 그으며, 안경을 쓰고는 성경을 읽기 시작했다. 그 첫 페이지에는 다음과 같은 글귀가 써 있었다.

「너희는 내가 굶주릴 때 먹을 것을 주었고, 내가 목마를 때 마실 것을 주었고, 내가 나그네가 되었을 때 너희 집으로 영접했다.」

그리고 마지막 부분에는 또 이런 글귀가 있었다.

「내가 진실로 너희에게 이르나니, 보잘 것 없는 사람을 대접하지 아니한 것은 곧 내게 하지 아니한 것과 같으니라.」

마르틴은 그제야 깨달았다. 자신의 꿈이 헛된 것이 아니었으며, 구세주가 찾아왔다는 것, 그리고 자신이 그분을 정중히 환대했다는 것을.

두 순례자

1

두 노인은 오래전부터 예루살렘으로 성지 순례를 떠나기로 마음먹고 있었다. 한 사람은 에핌 타라시츠 쉐벨리프라고 하는 부유한 농부였고, 다른 한 사람은 엘리사 보드로프라고 하는 노인이었다.

에핌은 성실한 농부로 생전 술 담배를 하지 않는 것은 물론이고 냄새조차도 맡지 않았다. 또한 욕 한번 해본 적 없는 매사에 엄격하고 철저한 사람이었다. 그는 두 번이나 잇달아 이장직을 맡으면서 한 푼의 착오도 없이 임기를 마쳤다.

그의 집은 두 아들에다 결혼한 손자까지 모두 함께 살고 있는 대가족이었다. 그는 정직하고 성실한 농부였다. 또한 일흔 살이 되어서야 겨우 흰 수염이 났을 정도로 무척 건강했다.

엘리사는 부유하지도 그렇다고 가난하지도 않은 노인이었다. 예전에는 돌아다니면서 목수 일을 했지만, 나이가 들어서는 집에서 꿀벌 치는 일을 하고 있었다. 그의 큰아들은 돈벌이를 하러 나가고, 둘째 아들은 집안일을 돌보고 있었다.

엘리사는 마음씨 좋고 쾌활한 사람이었다. 술도 마시고 담배도 피우고 노래 부르는 것도 좋아했다. 그는 워낙 마음이 따뜻해 집안 식구들이나 이웃과도 사이가 좋았다. 아담한 키에 검고 곱슬곱슬한 수염을 길렀는데, 머리는 구약 성서에 나오는 그와 같은 이름을 가진 예언자 엘리사처럼 대머리였다.

두 노인은 아주 오래전부터 함께 순례를 떠나자고 약속을 했지만, 에핌의 일이 끊이질 않았기 때문에 항상 여유가 없었다. 겨우 한 가지 일을 처리하면 바로 다른 일이 생겼다. 이를테면 손자의 결혼식을 치르고 나면 그 다음은 막내아들이 군대에서 제대해 돌아오는 식이었다. 이번에는 또 새 집을 지을 일이 생긴 것이다.

축제가 벌어진 어느 날, 두 노인은 거리에서 우연히 마주쳤다. 그들은 통나무 위에 나란히 걸터앉았다. 엘리사가 먼저 말을 꺼냈다.

「어떤가? 이젠 성지 순례를 떠날 때가 되지 않았나?」

그러자 에핌이 이마를 찌푸리며 말했다.

「아니, 좀더 기다려야 될 것 같아. 올해는 어째 운이 나빠서 말이야. 이번에 짓는 집은 100루블쯤 예상하고 있었는데, 오늘까지 벌써 300루블도 더 들었어. 그래도 아직 끝날 기미가 안 보여. 아무래도 여름까지 갈 것 같아. 주님이 기회를 주신다면 올여름에는 틀림없이 떠날 수 있을 거야.」

엘리사가 다시 입을 열었다.

「내 생각에는 말야……. 더 이상 미루다간 영영 못 떠날 것 같아. 마음을 단단히 다져먹고 지금 떠나야 돼. 봄이라 날씨도 딱 좋은데.」

「그렇지만 이미 시작한 일을 어떻게 팽개치고 갈 수 있나?」

「그럼, 일 맡길 사람도 없단 말인가? 큰아들이 맡아서 하면 되겠구만.」

「뭐? 맡길 사람한테 맡겨야지! 큰아들 녀석은 술 때문에 전혀 도움이 안 된다고.」

「언젠가 우린 죽어. 우리가 없어도 아이들은 잘 살아가네. 걔들도 이젠 스스로 일할 수 있게 해야지.」

「그야 그렇지만, 난 이것저것 내 눈으로 확인해야 하는 성미라서.」

「이보게 친구! 어떤 일이라도 완벽하게 해낼 수는 없네. 얼마 전만 해도 우리 집 여자들은 축제일이 다가온다고 온 집안을 정리하느라 한바탕 난리가 났었지. 그런데 어디 일이라는 게 말한 대로 다 척척 되는 건 아니잖나. 영리한 우리 큰며느리가 하는 말이 〈고맙게도 축제날은 우리를 기다려 주지 않고 점점 빨리 다가오네요. 일이란 해도해도 끝이 없으니까요.〉 하더군.」

에핌은 골똘히 생각했다.

「난 집 짓는 일로 너무 많은 돈을 써버렸어. 빈손으로 떠날 수는 없잖아. 적어도 100루블쯤은 있어야 할 텐데.」

엘리사는 웃으며 말했다.

「그러지 말게, 친구. 자네는 나보다 10배나 많이 벌면서 돈걱정을 하는군. 그런 걱정일랑 그만하고 언제 떠날지나 생각해 보게. 나야말로 돈 한푼 없지만 어떻게든 되겠지……」

에핌이 웃으며 말했다.

「우와, 자네 엄청난 부잔가 보네. 도대체 어디서 그런 돈을 마련할 건가?」

「집안에 있는 돈을 모두 긁어모아야지. 그걸로 부족하면 꿀벌통을 한 열 개쯤 팔지 뭐. 오래전부터 옆집에서 사고 싶어했거든.」

「판 꿀벌통에서 꿀이 많이 나오면 아마 판 걸 후회할걸?」

「후회한다고? 그런 일은 없네, 친구. 이 세상에서 죄 짓는 일 말고 후회할 일은 하나도 없어. 영혼보다 소중한 것이 어디 있겠나.」

「그야 그렇지. 하지만 우리 집 식구들이 잘 해낼지, 여전히 걱정이 돼.」

「무엇보다 영혼이 편해야 해. 그러니까 일단 약속한 대로 떠나자구. 일단 떠나고 보는 거야.」

2

이렇게 해서 엘리사는 마침내 친구를 설득했다. 에핌은 밤새 고민한 끝에 날이 밝는 대로 엘리사를 찾아갔다.

「자네 말이 맞아. 사는 것도 죽는 것도 다 하느님 뜻이야. 살아서 건강할 때 떠나지 않으면 언제 가겠는가.」하고 에핌은 말했다.

두 노인은 일주일 동안 떠날 채비를 했다.

에핌은 저축한 돈이 꽤 있었다. 그는 여비로 100루블을 챙기고 나머지 200루블은 아내에게 맡겼다.

엘리사도 떠날 채비를 마쳤다. 가지고 있는 꿀벌통 중 열 통을 옆집 사람에게 팔았다. 열 통의 꿀벌통에서 나오는 벌들도 함께 주기로 약속했다. 그래서 그는 겨우 70루블을 손에 넣었다. 그리고 부족한 30루블은 식구들에게서 긁어모았다. 아내는 장례 치를 비용으로 모아둔 것을 내놓았고, 며느리도 숨겨두었던 비상금을 선뜻 내놓았다.

에핌은 모든 일을 큰아들에게 맡겼다. 풀은 어디에 얼마만큼 베야 하는지, 비료는 어디로 옮겨야 하며, 새 집의 마무리는 어떻게 해야 하는지, 지붕은 어떻게 올려야 하는지까지 빠짐없이 지시했다.

그러나 엘리사는 그저 아내에게, 팔아버린 꿀벌통에서 나온 벌은 따로 잘 키워서 틀림없이 옆집 사람에게 건네줘야 한다는 말만 할 뿐 집안일에 대해선 이렇다할 지시를 내리지 않았다. 일을 어떻게 해야 하는지는 그 일을 맡으면 저절로 알게 될 것이며 각자 자신이 주인이니 자기가 할 일은 자기가 하면 된다는 뜻이었다.

두 노인은 떠날 준비를 끝냈다. 식구들은 튀김과자를 만들고 자루도 준비하고 새 각반과 도중에 갈아신을 나막신까지 빠짐없이 준비했다.

마침내 두 노인은 여행길에 올랐다. 식구들은 동구 밖까지 나와 그들을 배웅해 주었다.

엘리사는 마음이 홀가분했다. 그리고 마을이 멀어질수록 집안일은 깨끗이 잊어갔다. 그는 그저 가는 동안 친구와 아무 탈 없이 지내야겠다는 것과, 누구에게도 싫은 말을 하지 않고 목적지까지 갔다가 무사히 돌아왔으면 하는 생각뿐이었다.

엘리사는 길을 걸으면서도 계속 기도문을 중얼거리거나 머릿속으로 끊임없이 자신이 알고 있는 성자의 전기를 되새기면서 걸었다. 길에서 사람들을 만날 때나 하룻밤 머무르게 될 때, 누구에게나 친절하게 대하고 하느님의 뜻에 맞는 말만 하려고 노력했다.

그의 마음은 기쁨으로 가득 찼다. 단 한 가지 아쉬운 점이 있다면 이번 기회에 코담배를 끊어보려고 담배 쌈지를 일부러 집에다 두고 왔는데 점점 담배 생각이 간절하다는 것이었다. 다행히 도중에 다른 사람에게 담배를 얻은 것이 있어 친구에게 담배 냄새가 가지 않도록 이따금 혼자 뒤쳐져서 담배를 즐기곤 했다.

에핌 역시 기분 좋고 활기차게 걸어갔다. 그러나 실제로 그의 마음은 그다지 편하지 못했다. 집안일이 걱정되었기 때문이다. 아들 녀석에게 지시할 사항을 빼먹지 않았는지, 시킨 대로 잘하고 있는지 모든 것이 궁금했다. 길을 가다가 누가 감자를 심거나 비료를 옮기고 있는 걸 보면 아들 녀석도 저렇게 잘하고 있을지 걱정이 되었다. 그럴 때면 당장 집으로 돌아가서 지시를 다시 하거나 자신이 직접 했으면 하는 충동이 일었다.

3

두 노인은 꼬박 5주 동안 걸었다. 집에서 신고 나온 나막신도 낡아서 새로 사야 했다. 그 무렵 그들은 소러시아에

다다랐다. 집을 떠난 이후로 두 사람은 잠을 자거나 식사를 할 때 일일이 돈을 내야 했는데, 소러시아에 들어오자 모두들 앞다투어 두 노인을 자신의 집에 초대했다. 먹여주고 잠자리까지 제공해 주고도 돈을 받지 않았고, 게다가 도중에 먹을 도시락으로 빵과 과자를 자루에 넣어 주기까지 했다.

그리하여 두 노인은 별다른 어려움 없이 700베르스타의 길을 걸어 또 다른 마을을 지나 흉작이 든 지방에 이르게 되었다. 그런데 그곳 사람들은 잠은 재워줬지만 먹을 것을 주지는 않았다. 빵 한 조각도 안 주는 곳이 있는가 하면 어느 곳은 돈을 주고도 구할 수 없었다. 마을 사람들의 말에 의하면 지난해에 심한 흉년이 들었다고 했다. 부자들도 먹을 것을 구하느라 가진 물건들을 다 팔았고, 중류층 사람들은 무일푼이 되고 말았다. 가난한 사람들은 다른 곳으로 떠나거나 구걸을 하러 다니며 근근이 하루하루를 연명하고 있는 형편이었다. 겨울 동안에는 옥수수 껍질과 명아주만으로 끼니를 때웠다고 했다.

어느 날 두 노인은 작은 마을에 들러 약간의 빵을 사고 하룻밤을 묵은 다음, 더워지기 전에 조금이라도 빨리 가려고 날이 밝기 전에 길을 나섰다. 10베르스타쯤 걸어가자 작은 개울이 보였다. 그들은 잠시 그곳에 앉아 그릇에 물을 떠놓고 빵을 꺼내 먹으면서 나막신을 갈아 신었다. 그러던 참에 엘리사는 담배 쌈지를 꺼냈다.

에핌은 고개를 저으며 말했다.

「어째서 그렇게 안 좋은 것을 아직도 끊지 못하는가?」

엘리사는 어쩔 수 없다는 듯이 손을 저으며 말했다.

「나쁜 건 알아. 하지만 도저히 어쩔 수가 없구만.」

두 사람은 일어나 다시 걷기 시작했다. 또 10베르스타쯤 가자 큰 마을이 나타났지만, 그곳은 그냥 지나쳤다.

점점 더워졌다. 엘리사는 피곤해서 잠깐 쉬면서 물이라도 마시고 싶었지만 에핌은 걸음을 멈추려고 하지 않았다. 에핌은 다리가 튼튼해서 잘 걸었지만 엘리사는 그의 뒤를 따라가기가 여간 힘든 게 아니었다.

「난 물이라도 좀 마셨으면 좋겠어.」라고 엘리사가 말했다.

「자네나 마시게, 난 괜찮아.」

엘리사는 걸음을 멈추었다.

「그럼, 자네 먼저 가고 있게나. 나는 저기 농가에 들러 물 좀 얻어마시고 곧장 따라 갈 테니.」

「그럼, 그렇게 하게.」

에핌은 이렇게 말하고 혼자 계속 걸어갔고, 엘리사는 농가로 향했다.

엘리사가 찾아간 농가의 벽은 자세히 살펴보니 아랫부분이 검게 그을려 있었고 위쪽으로만 흰색이 약간 남아 있었다. 아마도 오랫동안 사람의 손길이 닿지 않은 듯했다. 지붕도 한쪽에 구멍이 나 있었다.

집 입구는 마당으로 연결되어 있었다. 마당으로 들어가 보니, 담 옆에 농부처럼 보이는 한 남자가 쓰러져 있는 것이 보였다. 바싹 마른 체구에 턱수염도 없었으며, 소러시아풍으로 셔츠를 바지 안에 넣어 입고 있었다. 보아 하니 그 남자는 시원한 곳을 찾아서 그곳에 자고 있던 모양인데, 지금은 햇빛이 정면으로 그에게 내리쬐고 있었다.

그 남자는 누워 있었지만 자고 있는 것 같지는 않았다. 그러나 엘리사가 물 한잔 얻어마실 수 있겠느냐고 말을 건네 보았지만 아무런 대답이 없었다.

〈어디가 아픈가? 아님 원래 저렇게 무뚝뚝한 사람인가?〉

엘리사는 다시 문 쪽으로 다가갔다. 그러자 집안에서 울고 있는 아이들의 소리가 들렸다. 엘리사는 문고리를 흔들었다.

「실례합니다.」

그러나 안에서는 아무런 반응이 없었다. 이번에는 지팡이로 문을 두드렸다.

「아무도 안 계세요?」

역시 아무런 응답이 없었다.

「누구 없습니까?」

그래도 대답이 없어 엘리사가 막 돌아서려 하는데, 어디선가 신음소리 같은 게 들렸다.

〈무슨 문제가 있는 모양인데……, 아무래도 한번 들어가

봐야겠군.〉

엘리사는 집 안으로 들어가 보기로 마음먹었다.

4

손잡이를 돌려보니 문은 잠겨 있지 않았다. 문을 열고
안으로 들어가자 방으로 통하는 쪽문이 열려 있는 게 보였
다. 오른쪽에는 난로가 있고, 정면으로 보이는 곳에는 상석
이 있고, 그 구석에는 성상과 탁자가 하나 놓여 있었다. 그
리고 그 탁자 맞은편에는 의자가 있었는데, 그 의자에는 얇
은 옷을 걸치고 있는 지친 표정의 노파가 탁자 위에 머리를
대고 앉아 있었다. 그리고 그 옆에는 바싹 말라 배만 불룩하
게 나온 사내아이가 노파의 옷소매를 잡아당기며 뭔가를 조
르고 있었다.

엘리사는 안으로 들어갔다. 방안에는 숨막힐
정도로 고약한 냄새가 풍겼다. 방을 자세히 들
여다보니 난로 근처에 있는 침대에 한 여자가
쓰러져 있는 것이 보였다. 여자는 누운 채
이쪽은 쳐다보려고 하지 않고 그저 가래 끓
는 소리를 내며 한쪽 다리를 오므렸다 폈다

하는 동작만 반복하고 있었다. 그녀가 이리저리 몸을 움직일 때마다 코를 찌르는 악취가 풍겼다. 아마도 그녀는 대소변을 못 가리는 것 같았는데 누구 하나 뒤치다꺼리를 해주는 사람도 없는 형편 같았다.

의자에 앉아 있던 노파가 고개를 들더니 엘리사를 쳐다보았다.

「누구요? 무슨 일인지 모르겠지만 이 집엔 아무것도 없소.」

엘리사는 노파에게 다가가 말했다.

「저……, 물 한잔 얻어마실까 하고 왔습니다.」

「없다고 하지 않았수! 물을 길어올 사람이 없다오. 목이 마르거든 직접 가서 떠마시구려.」

「그럼, 여기에 건강한 사람은 아무도 없습니까? 저 여자분을 돌볼 사람도요?」

엘리사가 물었다.

「아무도 없소. 남정네는 마당에서 죽어가고 있고 나머진 우리뿐이오.」

낯선 사람을 보자 사내아이는 잠시 잠잠했지만, 노파가 입을 열자 다시 노파의 소매를 끌어당기며 칭얼대기 시작했다.

「빵, 빵…… 할머니, 빵 주세요!」 하며 떼를 쓰며 우는 것이었다.

엘리사가 노파에게 뭔가를 물어보려 하는데, 그때 밖에

누워 있던 남자가 비틀거리며 안으로
들어왔다. 그는 벽을 의지해서
의자 있는 곳까지 와서 앉으려
고 했지만 그럴 기운이 없는지
그대로 바닥에 쓰러지고 말았
다. 그리고 다시 일어나려고
하지 않고 뭔가를 말하기 시작했다. 어렵게 한 마디 내뱉고
는 잠시 말을 끊었다가 다시 한마디하고, 또 숨을 내쉬다가
다음 말을 이었다.

「전염병에 걸린 데다, 흉년까지 들어서……. 저 아이도
굶어 죽어가고 있어요.」

남자는 턱으로 사내아이를 가리키며 눈물을 글썽거렸다.

엘리사는 어깨에 짊어지고 있던 자루를 바닥에 내려놓고
자루의 끈을 풀었다. 그리고 자루를 열어 빵과 나이프를 꺼
내어 남자에게 빵 한 조각을 잘라주었다. 그러나 남자는 빵
을 받으려고 하지 않고 아이들을 가리키며, 「쟤들에게나 주
세요.」라고 말했다.

엘리사는 자른 빵을 사내아이에게 주었다. 빵 냄새를 맡
은 사내아이는 덤빌 듯이 달려들더니 두 손으로 빵을 움켜
쥐고는 코를 박고 허겁지겁 먹어댔다. 난로 한쪽 구석에 있
던 여자아이도 기어나와 뚫어지게 빵을 쳐다보았다. 엘리사
는 그 여자아이에게도 빵을 잘라주었다. 그리고 다시 한 조
각을 잘라 노파에게 주었더니, 노파는 걸신들린 사람처럼

빵을 받아먹었다.

「물 한 그릇 떠다주면 고맙겠수. 다들 목이 타서 죽을 지경이오. 어젠가 오늘인가 잘 기억 나지 않지만 물을 길러 갔는데 기운이 없어 그만 쓰러지고 말았소. 아마 물통은 아직도 그곳에 있을 거요. 누가 가져가지 않았다면 말이오.」

엘리사는 그들에게 우물이 있는 곳을 물었다. 노파가 가르쳐준 곳으로 가보니 물통은 그대로 있었다. 엘리사는 물통에 물을 가득 담아와서 그들에게 먹였다. 아이들은 물과 함께 빵 한 조각을 더 먹었고 노파도 물을 마시며 빵을 먹었지만 남자는 빵을 입에 대려고 하지 않았다.

「아무래도 위가 받아주지 않아서요.」라고 그가 말했다.

여자는 아직도 정신을 못 차리겠는지 그저 침대 위에서 뒤척거리고 있을 뿐이었다.

엘리사는 마을의 작은 상점으로 가서 옥수수와 소금, 밀가루, 버터 등을 사왔다. 그리고 도끼를 찾아서 장작을 패 불을 지폈다. 그러자 여자아이가 엘리사를 도와주었다. 엘리사는 수프와 오트밀을 끓여 그들에게 먹였다.

5

아이들은 그릇 바닥까지 깨끗이 훑아먹더니 바로 쓰러져서는 서로 껴안고 잠이 들었다. 식사를 마친 주인 남자와 노파는 어떻게 이런 지경까지 왔는지 그 사정을 이야기하기 시작했다.

「우리는 여태껏 가난했지만 그런대로 잘 살아왔어요. 그런데 이번 흉작으로 가을부터 형편이 더욱 어려워지게 됐지요. 남은 식량이 다 바닥나자 이웃집 사람들이나 정 많은 사람들의 신세를 지게 되었죠. 그 사람들도 처음에는 다들 도와주었는데 지금은 그럴 수 없게 되었어요. 하긴 도와주고 싶어도 그들도 먹고살기 힘든 건 마찬가지였어요. 게다가 더 이상 부탁하는 게 여간 민망한 노릇이 아니더라구요. 이곳저곳을 다니면서 돈이며 밀가루, 빵까지 꾸었거든요.」

주인 남자는 계속 말을 이었다.

「그래서 저는 일거리를 찾아보았지만 어디 마땅한 일자리가 있어야지요. 어디를 가도 먹을 것을 구하려고 일을 찾는 사람들뿐이었죠. 하루 겨우 일하고 나면 그 다음 이틀은 또 일을 찾아 헤매고 다녔지요. 그래서 이번에는 늙은 어머니와 딸아이가 멀리까지 동냥을 다녔지만 상황은 마찬가지였어요. 어느 집 할 것 없이 자기네 먹을 빵도 없는 처지였으니까요. 그래도 굶어죽지 않을 정도로 근근이 견뎌왔어요. 다음 수확 때까지만 잘 견뎌보자고 했죠. 그런데 봄이 되자 상황은 더욱 나빠져 빵 한 조각 얻을 수 없었고, 게다가 전염병까지 돌기 시작해서 정말 어떻게 할 도리가 없었어요. 겨우 하루 먹었나 싶으면 그 다음 이틀은 굶을 수밖에 없었죠. 결국엔 풀까지 뜯어먹게 되었는데 그 때문인지 아이들 엄마가 아프기 시작하더군요. 아내는 앓아 누웠고 나도 이젠 힘이 다 빠졌어요. 앞으로 어떻게 살아가야 할지 그저 막막할 뿐입니다.」

주인 남자의 말이 끝나자 노파가 말을 했다.

「애들과 먹고살려고 안간힘을 써봤지만 어딜 가나 먹을 거라곤 씨가 마른 형편이니 이젠 나도 지쳐버렸다우. 손녀딸은 몸이 약한데다가 겁까지 먹었는지 가까운 곳으로 심부름만 시켜도 도무지 가려고 하지를 않아요. 저렇게 한쪽 구석에 쪼그리고 앉아 움직이려고 하질 않아요. 어제는 이웃집 아주머니가 찾아왔었는데 우리가 이렇게 병들어 있는 걸 보고는 놀라서 그냥 나가버리더라구요. 하긴 그 여자네 집도 남편이 도망가 버려서 혼자 아이들 키우느라 힘든 형편이거든요. 그래서 우리는 이렇게 누워서 죽는 날만 기다리고 있답니다.」

그들의 이야기를 듣고 난 엘리사는 친구를 따라가야 한다는 생각을 접고 그 집에 머물렀다.

다음날 아침 자리에서 일어나자 엘리사는 자신이 이 집 주인이라도 된 것처럼 집안일을 돌보기 시작했다. 우선, 노파와 함께 빵을 만들 밀가루를 반죽하고 난로에 불을 지폈다. 또 여자아이와 함께 집 근처를 다니며 쓸 만한 물건이 있는지 찾아보았다. 하지만 이곳저곳을 다녀봐도 쓸 만한 물건이라곤 눈 씻고 찾아봐도 없었다. 쓸 만한 물건은 모두 먹을 것과 바꿔버린 것이다. 농사 짓는 데 필요한 연장도 없을 뿐더러 몸에 걸칠 만한 변변한 옷 한 벌도 없었다. 그래서 엘리사는 꼭 필요한 물건들만이라도 장만해야겠다고 생각했다. 자신이 직접 만들 수 있는 것은 만들고 그럴 수 없는 것은 밖에 나가 사오기도 했다.

엘리사는 그곳에서 사흘을 지냈다. 사내아이도 점점 기력이 좋아져서 가게로 심부름을 다니며 엘리사를 거들었다. 여자아이도 많이 건강해져서 「할아버지, 할아버지!」 하면서 엘리사의 뒤를 쫓아다니며 무슨 일이든 잘 도왔다. 노파도 자리를 털고 일어나서 이웃집으로 돌아다닐 수 있게 되었고, 주인 남자도 벽에 기대어 조금씩 걸을 수 있게 되었다. 유독 그의 아내만 계속 누워 있었는데 사흘째 되는 날은 정신이 조금 들었는지 먹을 것을 찾았다.

엘리사는 생각했다.

〈이제 그만 떠날 때가 되었군. 여기에 이렇게 오래 머물게 되리라고는 생각지도 못했는데…….〉

6

나흘째 되는 날은 축제 전날이었다. 엘리사는 그 집 식구들과 전야제를 보내고 작은 선물이라도 사준 다음, 저녁때쯤 떠나기로 마음먹고 있었다.

엘리사는 마을로 내려가 우유와 밀가루, 기름 등을 사와 노파와 함께 음식을 장만했다.

다음날 아침에는 예배에 참석하고, 집으로 돌아와서는 식구들과 함께 준비한 음식을 먹었다. 누워만 있던 주인 여자도 자리를 털고 일어나 비틀거리면서 집안을 돌아다니기 시작했다.

주인 남자는 오랜만에 수염을 깎고 노파가 빨아준 깨끗한 셔츠로 갈아입은 다음 마을에 사는 부잣집 주인을 찾아갔다. 그 부잣집 주인에게 저당 잡힌 목초지와 경작지를 다음 수확 때까지만 빌려달라고 부탁하러 간 것이다.

그러나 저녁 무렵 어두운 표정으로 돌아온 주인 남자는

엘리사를 보자 울음을 터뜨렸다. 인정사정 없는 부잣집 주인은 돈을 가져오기 전에는 어림도 없다며 딱 잘라 거절하더라는 것이었다.

엘리사는 생각에 잠겼다.

〈앞으로 이 사람들은 어떻게 살아가야 하지? 남들은 모두 풀을 베러 다니는데 이들은 멍하니 하늘만 쳐다보게 생겼네. 곧 보리가 익어 추수를 할 텐데……. 게다가 올해는 풍년인데 이 사람들에게는 아무런 기쁨이 없겠구만. 그나마 가지고 있던 땅도 모두 팔아버리고 말았으니……. 만일 내가 이대로 떠나버린다면 이들은 전처럼 힘든 생활을 하겠구만.〉

엘리사는 이런저런 생각으로 갈등하며 그날 밤도 떠나지 못하고 결국 다음날 아침에 떠나기로 일정을 늦췄다. 그는 기도를 하고 잠을 청했지만 도무지 잠이 오지 않았다.

〈돈도, 시간도 너무 많이 써버려서 이제는 정말 떠나야 하는데…….〉

그들을 이렇게 두고 떠나려 하니 마음이 무거웠다.

〈내가 모든 것을 다 해결해 줄 수 있는 문제도 아니야. 처음에는 물이나 떠다주고 빵이나 몇 조각 나누어주고 떠날 생각이었는데 일이 여기까지 왔어. 이제는 목초지와 밭까지 찾아줘야 할 판인데. 밭을 찾아주면 이번에는 젖소도 사야

하고, 주인 남자에게는 곡식을 운반할 마차도 사줘야 할 텐데…….〉

엘리사는 이런저런 생각으로 머릿속이 혼란스러워 고개를 흔들었다.

〈이봐, 엘리사! 아주 복잡한 일에 발을 들여놨군. 이젠 어쩔 생각인가…….〉

엘리사는 자리에서 일어나 머리 위에 걸어둔 외투 주머니를 더듬어 담배쌈지를 꺼냈다. 담배 냄새를 맡으면 머릿속이 맑아지려나 싶었던 것이다. 하지만 아무리 고민해도 좋은 생각이 떠오르지 않았다. 그 집 식구들만 생각하면 금세 마음이 약해져버리는 것이었다. 그는 외투를 둘둘 말아서 베개 삼아 다시 잠을 청했다.

어느새 새벽닭 우는 소리가 들렸고 엘리사는 깊은 잠에 빠져들었다. 그때 어디선가 자기를 부르는 듯한 소리가 들렸다. 이상하게도 그는 곧 떠날 차림으로 어깨에 자루를 메고 지팡이를 짚고 있었다. 그는 활짝 열려진 문 밖으로 나가려고 하고 있었다. 그런데 그가 막 그곳을 지나려고 하자 자루가 울타리에 걸렸다. 자루를 빼려고 하자 이번에는 다른 쪽에 각반이 걸려 자루를 풀려고 하는데, 이게 웬일인가! 울타리에 걸린 것이 아니라 여자아이가 자루를 잡고 있는 것이었다.

「할아버지, 할아버지 빵 좀 주세요!」하며 울고 있었다.

다리를 보니 각반에는 사내아이가 매달려 있었고, 노파

와 주인 남자는 창문을 통해 그를 뚫어지게 쳐다보고 있었다. 엘리사는 그러다 잠에서 깨어나 혼자 중얼거렸다.

〈아, 내일은 목초지와 전답을 찾아주자. 마차도 사고 아이들이 먹을 우유를 위해 젖소도 사주자. 그렇게 하지 않으면 바다를 건너 주님을 찾아간다 해도 내 마음이 편치 않아. 무엇보다 이 사람들을 도와줘야 해.〉

마음을 정한 엘리사는 아침까지 푹 잤다. 그는 아침 일찍 일어나자마자 부잣집 주인을 찾아가서 돈을 갚고 밭과 목초지를 되찾았다. 그리고 돌아오는 길에 큰 낫도 하나 사왔다. 그들은 낫까지도 팔고 없었던 것이다.

집으로 돌아온 엘리사는 우선, 주인 남자에게는 풀을 베어오라며 풀밭으로 내보냈다. 그리고 자신은 여러 농가를 돌아다니다 어느 술집 주인이 마차를 파는 것을 보았다. 값을 흥정한 뒤 짐수레에 밀가루 한 포대를 사서 싣고는 젖소를 사러갔다.

엘리사는 길을 가다가 두 명의 소러시아 여자들의 뒤를 따라가게 되었다. 여자들은 소러시아어로 이야기를 했지만 엘리사는 그들의 대화내용을 알아들을 수 있었다. 들어보니 그들은 자신에 대해 얘기하고 있었다.

한 여자가 이렇게 말했다.

「처음에는 아무도 그가 누군지 몰랐다는 거야. 그저 지나가는 순례자거니 생각한 거지. 물 한 모금 얻어마시려고 왔다가 그대로 그곳에 머물러버린 거야. 그리고 그 사람들에

게 뭐든지 다 사주었대. 나도 봤어. 오늘도 그 사람은 술집 주인에게 마차를 사고 있더라고. 세상에! 그렇게 좋은 사람도 있다니……. 우리도 한번 가볼까?」

엘리사는 자신을 칭찬하고 있다는 것을 듣고는 멋쩍어져서 젖소 사러가는 것을 그만두었다. 그는 술집으로 돌아가서 주인에게 마차 값을 지불했다. 그리고 말을 몰아 농부네 집으로 돌아왔다.

그가 집에 도착해서 말을 세우고 마차에서 내리는 것을 본 그 집 식구들은 깜짝 놀랐다. 그가 말을 사온 것은 자신들을 위해서라고 짐작은 했지만 차마 물어보지 못하는 눈치였다. 주인 남자는 문을 열고 뛰어나오면서 물었다.

「우와, 말을 사셨네요?」

「응, 그래. 마침 싼 게 있어서……. 저녁에 풀을 조금 베서 여물통에 넣어주게나.」

주인 남자는 말을 풀고, 풀을 한아름 베어와서 여물통에 넣어주었다.

모두가 잠이 들자 엘리사는 살며시 일어나서 밖으로 나왔다. 모두들 깊이 잠든 것을 확인한 엘리사는 외투를 걸치고 자루를 메고서 에핌의 뒤를 쫓아 여행길에 올랐다.

7

엘리사가 5베르시카쯤 걸어가자 날이 밝아왔다. 그는
나무 아래 앉아서 자루를 열어 남은 돈을 세어 보았다. 남은
돈은 겨우 17루블 20카페이커뿐이었다.

〈이 돈 가지고는 바다를 건널 수 없겠는걸. 하지만 주님
의 이름을 팔아 손에 돈을 쥐는 죄를 범해선 안돼. 아마 에
핌이 내 몫까지 촛불을 밝혀줄 거야. 아무래도 난 성지 순례
와는 인연이 없는 모양이군. 하지만 주님은 자비로운 분이
니 용서해 주시겠지.〉

엘리사는 앉았던 자리를 한번 둘러본 뒤 어깨에 자루를 짊
어지고 오던 길로 되돌아갔다. 다만 전에 머물렀던 그 마을
을 지날 때는 누구도 알아보지 못하게 빙 돌아서 지나갔다.

처음 집을 나섰을 때에는 에핌의 보조에 맞춰 그를 따라
가는 게 여간 힘든 게 아니었는데, 돌아가는 길은 마치 하느
님이 도와주시기라도 하는 듯 발걸음이 가벼워 피곤한 줄
몰랐다. 길을 걸으면서도 장난치듯이 지팡이를 휘두르면서
하루에 70베르시타씩 걸었다. 그리하여 마침내 무사히 집
에 도착했다.

엘리사가 집에 도착했을 때는 마침 다들 들에서 일을 마치고 돌아오는 시간이었다. 엘리사를 본 식구들은 무척 기뻐하며 모두들 입을 모아 이것저것 물어보았다. 다른 지방 사람들은 어떤지, 어떻게 친구와 헤어지게 됐으며, 왜 목적지까지 가지 않고 도중에 돌아왔는지 꼬치꼬치 캐물었다. 그러나 엘리사는 이런저런 자세한 이야기는 하지 않고 간단히 말했다.

「하느님이 인도해 주시지 않아서 도중에 돈을 잃어버렸는데 어떻게 하다 보니 에핌도 놓치고 말았지 뭐야. 어쨌든 다 내 탓이니 너무 뭐라고들 하지 말고 이해해 줘.」

엘리사는 남은 돈 전부를 아내에게 건네주고는 집안일에 대해 이것저것 물어보았다. 들어보니 모든 일이 다 잘 돌아가고 있었다. 식구들은 그가 없는 동안에도 일을 소홀히 하지 않고 사이좋게 지내고 있었다.

그날 에핌네 가족들도 엘리사가 돌아온 것을 듣고 자기 아버지 소식을 물으러 엘리사의 집으로 찾아왔다. 엘리사가 말했다.

「걱정들 마라. 너희 아버지는 무사히 잘 갔단다. 나하고는 베드로 축제가 열리기 사흘 전에 헤어졌지. 곧 뒤쫓아가려 했지만 이상하게 일이 꼬이는 바람에 못 쫓아갔단다. 게다가 돈까지 잃어버려서 그냥 돌아와 버렸지.」

이 말을 들은 사람들은 모두들 믿어지지 않는다는 표정이었다. 그렇게 현명한 사람이 목적지에는 가지도 못하고 돈까지 잃어버리고 돌아왔다고 하니, 다들 고개를 갸우뚱거렸다.

그러나 그 일은 차차 잊혀져 갔다. 엘리사 자신도 모두 잊어버리고 예전처럼 다시 집안일을 하기 시작했다. 아들과 함께 겨울에 쓸 땔감을 준비하거나 여자들을 도와 함께 밀을 빻는 일도 했다. 창고의 지붕도 새로 고치고 양봉 일도 거들고, 꿀벌과 함께 열 통의 꿀벌통을 옆집에 건네는 일도 잊지 않았다.

그의 아내는 판 꿀벌통에서 나온 애벌들을 그대로 넘겨주기가 아까워 속여볼까 했지만, 엘리사는 어느 벌통에서 얼마나 새끼를 쳤는지 정확히 알고 있었다. 그래서 애초에 주기로 한 열 통보다 많은 열일곱 통이나 되는 애벌을 고스란히 옆집에 넘겨주었다.

엘리사는 수확을 끝내자 다른 일을 해보고 싶다는 아들을 객지로 보내주고 자신은 겨우내 집에서 나막신을 만들거나 꿀통으로 사용할 통나무를 파면서 시간을 보냈다.

8

엘리사가 병든 사람들의 집에 머물렀던 그날, 에핌은 종일 친구가 오기를 기다렸다. 얼마쯤 걷다가 길가에 앉아 쉬면서 한참을 기다렸지만 엘리사는 나타나지 않았다. 기다리다 지쳐 한숨 자고 일어나 다시 기다려봤지만 여전히 친구는 오지 않았다. 에핌은 눈이 빠지도록 기다리며 주위를 둘러보니 날은 이미 지고 있었다. 하지만 엘리사는 끝내 오지 않았다.

에핌은 생각했다.

〈어쩌면 내가 잠들어 있는 동안 지나갔을지도 몰라. 아니면 누군가에게 마차를 얻어타고 간 것은 아닐까? 하지만 설마 나를 못 보았을라고……. 넓은 들판이라 이렇게 멀리까지 잘 보이는데. 다시 되돌아갔다가 행여 영감이 앞서 갔다면 도리어 서로 어긋날 수도 있어. 아무래도 계속 가야겠어. 그럼 오늘밤 숙소에서 만날 수 있을지도 몰라.〉

에핌은 어느 마을에 도착해서 마을 이장에게 엘리사의 인상착의를 설명해 주며, 혹시 이런 사람이 나타나면 자신이 묵고 있는 곳을 알려달라고 부탁했다. 하지만 엘리사는 그곳에도 끝내 나타나지 않았다.

　에핌은 홀로 쓸쓸하게 여행을 계속했다. 만나는 사람마다 대머리에 자그마한 체구의 노인을 보았는지를 물어보았다. 그러나 누구도 그런 사람을 본 적이 없다고 했다. 에핌은 점점 당황스러워졌지만 가던 길을 계속 가는 수밖에 없었다.

　〈그래, 오뎃사 근처에 가면 만날 테지…… . 아니면 배 안에서라도 만나게 될 거야.〉

　언젠가는 결국 만나게 될 거라고 믿은 에핌은 더 이상 생각하지 않기로 했다.

　길을 가는 도중에 그는 한 순례자를 만났다. 그 순례자는 평범한 승복을 입고 긴 머리에 두건을 쓰고 있었다. 그는 아텐에 가본 적이 있으며, 예루살렘은 이번이 두 번째 길이라고 했다. 그들은 숙소에서 만나 잠시 이야기를 나눈 끝에 동행을 하게 되었다.

　그들은 무사히 오뎃사에 도착했다. 그곳에서 꼬박 사흘 동안이나 배를 기다렸다. 그곳에는 많은 순례자들이 배를 기다리고 있었다. 에핌은 그곳에 모인 사람들에게도 엘리사에 대해 물어보았지만 그를 봤다는 사람은 아무도 없었다.

　동행하는 순례자가 에핌에게 무임으로 승선하는 방법을 가르쳐주었지만, 에핌은 「나는 돈을 내는 것이 더 편하오.」

하고 말했다.

에핌은 왕복 뱃삯으로 40루블을 지불한 뒤 도중에 먹을 빵과 청어를 샀다. 드디어 배는 모든 짐을 싣고 순례자들도 모두 배에 올라탔다. 에핌도 동행하는 순례자와 함께 배에 올랐다.

이윽고 배는 밧줄을 풀고 닻을 올렸다. 그리고 해안을 벗어나 서서히 드넓은 바다로 향했다.

하루는 순조로운 항해를 했지만, 다음날 저녁때가 되자 강한 바람과 함께 세찬 빗줄기가 쏟아지더니 곧 파도가 치며 배가 심하게 흔들렸다. 승객들은 나뒹굴었고 여자들은 공포에 떨며 울기 시작했다. 남자들 중에서도 겁이 많은 사람은 배 안을 뛰어다니면서 안전한 장소를 찾느라 야단이었다. 에핌도 약간 두렵긴 했지만 겉으론 태연한 척했다. 그는 탐보프에서 온 노인들과 함께 바닥에 앉은 채 이틀을 보냈다. 오직 자신의 자루를 꽉 움켜쥔 채 한 마디도 하지 않았다.

사흘째 되던 날 바다는 다시 잠잠해졌다. 그리고 닷새째 되는 날 콘스탄티노플에 도착했다. 순례자들 중에는 배에서 내려 터키의 점령하에 있는 성 소피아 사원을 구경하러 가는 사람도 있었고, 에핌처럼 배 안에 남아 있는 사람도 있었다.

하룻밤을 정박한 배는 다시 바다로 나갔다. 그리고 스미르나와 알렉산드리아를 거쳐 자파의 마을에 도착했다.

순례자들은 자파에서 모두 내렸다. 거기서 예루살렘까지는 70베르티카를 걸어야 했다. 그런데 그때 또 한번 놀랄 만한 일이 생겼다. 배는 높았고 사람들은 그 배에서 다른 보트로 바꿔 타야 했는데 보트가 바람에 흔들려 잘못하다간 바닷속으로 떨어질 위험에 처했다. 실제로 어떤 두 사람이 보트 밖으로 뛰어내려 바다에 빠졌지만 다행히 구출됐다. 어쨌든 모두들 무사히 상륙했다.

배에서 내리자 사람들은 모두 예루살렘을 향해 걸어갔고, 나흘째 되는 날 그곳에 도착했다. 그들은 변두리에 있는 러시아인의 숙소에 여장을 풀고, 여권조사를 받았다. 식사를 끝낸 후에 순례자들과 함께 여러 성지를 둘러보았다. 그런데 주님의 성묘는 아직 참배가 허락되지 않았다. 그들은 우선 주교승원의 아침예배에 들러 기도를 한 다음 촛불을 밝혔다. 주님의 성묘에 있는 부활의 사원은 밖에 서서 절을 했다.

이튿날 날이 밝자 그들은 이집트의 마리아가 목숨을 건졌다는 암자로 갔다. 그들은 촛불을 밝히고 기도를 했다. 그리고 아브라함 수도원으로 가서 아브라함이 그의 아들을 신의 제물로 바치려 했던 사베크 정원을 둘러보았다. 그런 다음 부활한 그리스도가 막달라 마리아 앞에 나타났던 성지와 주님의 형제 야곱의 교회로 향했다. 동행한 순례자는 여러 곳을 안내하며, 가는 곳마다 어디에서는 얼마의 헌금을 해야 한다거나 촛불을 밝혀야 한다라는 것을 알려주었다.

다시 숙소에 돌아와 자려고 하는데 동행한 순례자가 갑자기 벌떡 일어나더니 자기 옷을 뒤지기 시작했다.

「지갑을 도둑 맞았어! 23루블이나 들어 있었는데. 10루블짜리 지폐 두 장과 잔돈 3루블…….」

순례자는 계속 되풀이해서 외쳤지만 어쩔 수 없는 일이었다.

그들은 곧 잠자리에 들었다.

9

에핌은 잠을 자려고 자리에 누웠지만 이상한 생각이 들었다.

〈저 친구는 돈을 잃어버렸을 리가 없어. 돈은 애초에 가지고 있지도 않았어. 어딜가도 돈을 낸 적이 한 번도 없었어. 항상 나한테만 헌금을 내라고 했지 자기는 한 푼도 안 썼어. 게다가 나한테 1루블까지 빌려갔는데…….〉

에핌은 이런 생각을 하다가 바로 자신을 꾸짖었다.

〈내가 왜 남을 의심하지? 남을 의심하는 건 죄를 짓는 일이야. 더 이상 쓸데없는 생각은 하지 말자.〉

하지만 겨우 잊을 만하면 그 순례자가 돈에 눈독을 들이

던 일과 지갑을 도둑맞았다고 요란스럽게 호들갑떠는 모습이 자꾸만 떠올랐다.

〈저 사람은 돈을 가지고 있지 않았던 게 분명해. 지어낸 얘기가 틀림없어.〉

다음날 아침, 사람들과 함께 부활 대사원에서 하는 새벽 미사에 참석했다. 그곳은 그리스도의 묘지가 있는 곳이었다. 순례자는 줄곧 에핌의 곁을 떠나지 않고 어디든지 그와 함께 다녔다.

이윽고 사원에 도착했다. 많은 순례자들이 모여 있었는데 러시아인뿐만 아니라 그리스인, 아르메니아인, 터키인, 시리아인 등 여러 나라 사람들이 있었다.

에핌은 다른 사람들과 함께 안으로 들어갔다. 신부의 안내를 받고 들어간 곳은 터기인의 초소를 지나, 그리스도의 시신을 십자가에서 내려 성유를 바른 곳이었다. 그곳에는 아홉 개의 큰 촛불이 켜져 있었다. 신부는 하나하나 친절하게 설명해 주었다. 에핌은 그곳에서도 촛불을 바쳤다.

다시, 신부의 안내를 받으며 오른쪽 계단으로 올라가 보니 십자가가 세워졌던 골고다가 있었다. 에핌은 그곳에서도 기도를 올렸다. 그리고 땅이 지옥까지 갈라진 곳과 그리스도가 십자가에 못 박힌 장소도 가보았다. 또 그리스도의 피가 아담의 뼈를 적셨다고 하는 아담의 관도 돌아보았다.

에핌은 또 그리스도가 면류관을 쓰고 앉았던 바위와, 채찍질을 당할 때 묶인 기둥에도 가보았다. 마지막으로 그리스도의 발자국이라고 하는 두 개의 구멍이 뚫린 돌도 구경했다. 그 외에도 볼 것은 많았지만 다른 사람들이 재촉하는 바람에 그리스도의 관이 있는 동굴로 따라갔다. 그곳에서는 마침 다른 교파의 미사가 끝나고 러시아 정교의 예배가 막 시작되려는 참이었다.

에핌은 사람들과 함께 동굴로 들어가며, 줄곧 따라다니는 순례자를 떼어내려고 했다. 그가 옆에 있으면 그에 대한 의심이 사그라지지 않아 죄를 짓고 있는 듯한 느낌이 들기 때문이었다. 하지만 그는 한시도 에핌의 곁에서 떨어지지 않고 예배를 올릴 때도 옆에 붙어 앉아 있었다. 에핌은 앞으로 가서 보고 싶었지만 그럴 수가 없었다. 너무나 많은 사람들이 모여 있어서 꼼짝도 할 수 없었다.

에핌은 선 채로 앞을 보고 기도를 했다. 그런데 주머니 안에 있는 지갑이 자꾸 신경 쓰여서 만져 보게 되는 것이었다. 그의 마음은 두 개로 나뉘고 있었다. 여전히 순례자가 자신을 속이고 있는 것이 아닌가 하는 의심이 드는 한편, 만약 속인 게 아니라 실제로 지갑을 도둑맞았다면 자기에게는 그런 불상사가 생기지 않기를 바라는 마음이었다.

10

에핌은 이렇게 선 채로 기도를 올리며 서른여섯 개의 등불이 켜 있는 전방의 예배당을 물끄러미 바라보고 있었다. 서 있는 사람들의 머리 너머로 불꽃을 바라보고 있는데 세상에 이런 일이! 등불이 타고 있는 바로 밑, 맨 앞자리에 긴 회색 외투를 입은 작은 노인이 앉아 있는 것이 아닌가! 머리가 훤하게 벗겨진 모습하며, 영락없는 엘리사였다.

〈아니, 어쩜 저렇게 엘리사와 닮았을까. 설마, 저 영감은 아니겠지. 저 친구가 나보다 먼저 여기에 왔을 리가 없어. 앞에 출발한 배는 우리보다 일주일 전에 떠났는데, 그 배를 탔을 리가 없어. 게다가 내가 탄 배에도 분명히 없었어. 배에 타고 있던 순례자는 한 사람도 빠짐없이 잘 살펴보았으니까.〉

에핌이 이런 생각을 하는 동안, 그 작은 노인은 기도를 하며 세 번 절을 했다. 한 번은 정면에 있는 상단을 향해, 다음엔 양쪽에 있는 정교의 신자들에게 절을 했다.

노인이 오른쪽으로 고개를 돌린 순간, 에핌은 그가 틀림없는 엘리사라는 걸 알았다. 거무스름하고 곱실거리는 구레

나룻, 희끗희끗한 턱수염은 물론, 눈썹이며
눈, 코, 입 모든 게 엘리사 보드로프, 그
친구였다.

에핌은 친구를 찾아서 기뻤지만 어떻게
그가 자기보다 먼저 이곳에 왔는지 궁금해
서 견딜 수가 없었다.

에핌은 생각했다.

〈이 친구가 도대체 어떻게 나보다 먼저 왔을까? 아마 어
떤 재주 좋은 안내자를 만나서 그 사람의 도움을 받은 게 틀
림없어. 이곳을 나갈 때 어떻게든 저 친구를 만나 이 순례자
를 따돌리고 함께 가는 거야. 그러면 나도 앞자리로 갈 수
있을지 몰라.〉

에핌은 혹시라도 엘리사를 놓칠까 싶어 줄곧 그 쪽에 신
경을 썼다. 드디어 모든 일정이 끝나고 사람들은 슬슬 움직
이기 시작했다. 십자가에 입 맞추려는 사람들로 혼잡을 빚
고 있는 동안, 에핌은 한쪽 구석으로 밀려나고 말았다. 그러
자 그는 다시 지갑을 잃어버릴 것 같은 걱정에 휩싸였다. 에
핌은 한 손으로 지갑을 꽉 움켜쥐고 조금이라도 넓은 곳으
로 가기 위해 사람들 틈을 헤치고 나왔다.

겨우 여유 있는 곳으로 빠져나온 에핌은 여기저기를 돌
아다니며 열심히 엘리사를 찾았다. 그러나 서둘러 사원을
나왔는데도 결국 엘리사를 놓치고 말았다. 그는 엘리사를
찾으러 여러 숙소를 돌아다녔지만 어느 곳에서도 그를 찾을

수가 없었다.

그날 밤 동행하던 순례자는 돌아오지 않았다. 그는 끝내 에핌에게 빌린 돈도 갚지 않고 어디론가 가버린 것이었다. 에핌은 혼자 남겨졌다.

다음날은 배에서 알게 된 탐보프에서 온 노인과 함께 다시 대성당으로 갔다. 이번에는 앞쪽으로 나가려고 했지만 또 구석으로 밀려나 기둥 옆에서 기도를 했다. 앞을 보니 이번에도 역시 등불 아래 그리스도의 관 바로 옆, 제일 좋은 자리에 엘리사가 서 있었다. 엘리사는 제단 옆의 신부처럼 두 팔을 벌리고 서 있었는데 뒤에서 보니 그의 머리 위로 빛이 쏟아지고 있었다.

〈그래, 이번에는 절대로 놓치면 안돼!〉

에핌은 사람들 틈을 비집고 앞쪽으로 나아갔다. 겨우 근처까지 갔지만 어느새 엘리사의 모습은 보이지 않았다.

삼 일째 되는 날에도 엘리사는 제일 눈에 잘 띄는 곳에 두 팔을 벌린 채 마치 무엇이 보이기라도 하는 듯 위쪽을 우러러보며 서 있었다. 그의 머리 위로는 전날과 마찬가지로 눈부신 빛이 쏟아지고 있었다.

〈좋아, 이번에는 정말 놓치지 말아야지. 오늘은 미리 출입구에 가서 서 있자. 그러면 서로 엇갈릴 일도 없을 거야.〉

에핌은 출입구에 지켜 서 있었다. 하지만 안에 있는 사람들이 모두 다 빠져나올 때까지 엘리사는 나오지 않았다.

에핌은 예루살렘에 6주 동안 머물면서 거의 모든 성지를 둘러보았다. 베들레헴과 베다니와 요르단 강도 순례했다. 그리고 그리스도의 관 옆에서 새 셔츠에 도장을 찍어 받았는데 그 옷은 죽은 뒤에 수의로 입는다고 했다. 요르단 강에서는 기념으로 간직할 물을 유리병에 담아왔다. 성화를 밝히는 데 쓰는 흙과 양초를 구하기도 하는 등 돌아올 여비만 남겨두고 돈을 전부 써버렸다. 에핌은 곧 집에 돌아갈 채비를 했다. 걸어서 자파에 도착해 배를 타고 오뎃사까지 간 에핌은 줄곧 집을 향해서 걸었다.

11

에핌은 떠날 때와 같은 길로 되돌아갔다. 집이 점점 가까워지자 자신이 없는 동안 식구들이 어떻게 지냈을까 걱정이 되었다.

〈1년이나 지났으니 달라진 게 한둘이 아니겠지? 집안을 일으키는 데는 평생이 걸려도, 망하는 건 한순간이야. 가축들은 무사히 겨울을 넘겼을까? 새 집은 말끔히 마무리가 됐

을까?〉

이런저런 생각을 하면서 걷다 보니, 작년 엘리사와 헤어졌던 마을 가까이에 다다랐다. 하지만 그 마을 사람들은 못 알아볼 정도로 달라져 있었다. 작년에는 아주 힘든 생활을 하고 있었는데, 올해는 모두 여유 있고 편안하게 살고 있었다. 밭에는 곡식이 무르익었고 모두들 넉넉한 생활을 누리며 지난해의 어려움은 잊고 사는 듯했다.

저녁 무렵이 되자, 작년에 엘리사가 물을 얻어마시러 갔던 마을에 닿았다. 그가 마을로 들어서자 한 농가에서 하얀 셔츠를 입은 여자아이가 달려나왔다.

「할아버지, 할아버지! 우리 집에서 쉬었다 가세요.」

에핌은 그냥 가려고 했지만 여자아이가 생글거리며 그의 옷소매를 붙잡고 자기 집으로 가자고 매달렸다.

사내아이를 데리고 계단 위에 서 있던 여자도 손짓하며 그를 부르고 있었다.

「할아버지, 어려워 마시고 들어오세요. 저녁도 드시고 푹 쉬었다 가세요.」

에핌은 마지못해 그 집으로 들어가면서 생각했다.

〈마침, 잘 됐다. 엘리사에 대해 물어보자. 그때 엘리사가 물을 얻어마시러 간 집도 이 집인 것 같으니.〉

에핌이 집에 들어서자 주인 여자는 자루를 받아들며 씻을 물을 내어주고 곧 식탁으로 안내했다. 그리고 우유와 빵과 죽을 식탁 위에 올려놓았다. 에핌은 그들의 친절에 감사

하며 칭찬했다.

그러자 주인 여자는 고개를 저으며 말했다.

「우리는 여행하시는 분들을 친절하게 대접할 수밖에 없어요. 어느 순례자 덕분에 참되게 사는 법을 배웠답니다. 예전에 우리들은 하느님을 잊고 멋대로 살았어요. 그래서 하느님께서 벌을 내려 식구 모두가 거의 죽을 지경까지 갔지요. 결국 지난해 여름에는 모두 병에 걸리고, 먹을 것도 다떨어지고 말았어요. 만일 그때 하느님께서 당신과 같은 분을 우리에게 보내지 않으셨다면 우리는 벌써 죽었을 거예요. 그분은 낮에 물을 얻어마시러 들렀는데, 우리를 불쌍히여겨 이곳에 머물러 주셨어요. 그리고 병들고 굶주린 우리에게 마실 물과 먹을 빵을 주시고, 다시 일어설 수 있도록 해주셨어요. 그런데 저당 잡힌 땅을 찾아주시고, 마차까지 사주시고는 어느날 훌쩍 떠나버리셨어요.」

그때, 노파가 들어와 주인 여자의 말을 거들었다.

「사실은 우리도 그분이 사람인지 하느님의 심부름꾼인지 모르겠어요. 우리를 진심으로 사랑해 주고, 돌봐주시고는 아무런 말도 없이 사라져버렸어요. 그분의 이름조차도 알수 없으니 누구를 위해서 기도를 해야 할지 모르겠어요. 그때 일은 지금도 눈앞에 생생해요. 나는 죽을 날만을 기다리고 있었어요. 그런데 갑자기 자그마한 체구에 머리가 벗겨진 할아버지가 들어와서는 물 한 모금 달라지 않겠어요? 그때 이 죄 많은 늙은이는 이런 생각을 했답니다. 〈도대체 왜 저기서 어물거리고 있는 거야?〉 그런데 그분이 바로 우리의 구세주였어요. 우리를 보자마자 자루를 내려놓고…… 아, 그래요! 바로 저기, 저 자리에요. 저 자리에 자루를 놓고 끈을 풀더라구요.」

그때, 옆에 있던 여자아이도 한마디 거들었다.

「아니에요, 할머니! 그 할아버지는 처음에 여기 방 한가운데에 자루를 내려놓았다가 다시 의자 위에 올려놓았어요.」

그들은 서로 목소리를 높여, 그 노인이 한 말과 해준 일들을 자세히 얘기해 주었다. 그가 어디에 앉았고, 어디에서 잤으며, 무슨 일을 했고, 또 누구에게 어떤 말을 했는지 아주 상세하게 들려주었다.

밤이 되자 주인 남자가 돌아왔는데 그 역시 엘리사가 그들의 집에 머물렀던 동안의 일을 계속 얘기해 주었다.

「만일 그분이 우리에게 오시지 않았다면, 우리는 모두 죄인으로 죽었을 거예요. 우리는 완전히 절망에 빠져 하느님과 사람들을 원망하면서 죽을 날만 기다리고 있었어요. 그런데 그분이 저희를 다시 일어서게 해주셨습니다. 그분 덕분에 우리는 다시 하느님을 믿고 사람들을 믿게 되었죠. 하느님, 부디 그분을 지켜주세요! 예전엔 짐승만도 못한 생활

을 했었는데 그분이 우리를 사람답게
만들어주셨어요.」

그들은 에핌에게 먹을 것과 마실
것을 주고 잠자리까지 마련해 주었
다. 에핌은 자리에 누웠지만 좀처럼
잠이 오지 않았다. 그의 머릿속에는
엘리사의 모습이 떠나지 않았다. 예루살
렘에서 세 번이나 사람들 맨 앞에 서 있었던 그의 모습이 더
욱 생생하게 떠올랐다.

〈그래, 그 친구는 바로 이곳에서 나를 앞선 거야. 하느님
께서 나의 고행을 받아드리셨는지 모르겠지만, 그 친구의
고행은 확실히 받으신 거야.〉

다음날 아침 그 집 식구들은 에핌에게 작별인사를 했다.
그리고 가는 길에 먹으라고 자루 속에 파이를 넣어주고는
일터로 나갔다.

에핌은 다시 집으로 향했다.

12

에핌은 꼬박 일 년 만에 집으로 돌아왔다.

그는 저녁 무렵 집에 도착했다. 하지만 아들은 술집에 갔는지 집에 없었다. 아들이 술에 잔뜩 취해 집으로 돌아오자 에핌은 아들에게 그동안의 일을 묻기 시작했다. 그가 없는 동안 아들이 제멋대로 했다는 것은 금방 알 수 있었다. 돈은 쓸데없는 곳에 전부 써버렸고 일은 뒤로 팽개쳐둔 채였다. 에핌이 이를 꾸짖자 아들은 오히려 말대꾸를 하는 것이었다.

「그럼, 아버지께서 직접 하면 되잖아요. 갑자기 훌쩍 떠나버리고, 게다가 있는 돈도 전부 가지고 가놓고 저한테만 뭐라고 할 수는 없어요.」

에핌은 화가 치밀어 아들을 때렸다.

다음날 아침 에핌은 이장에게 아들의 일을 의논하러 가는 길에 엘리사의 집 앞을 지나게 되었다. 그때 마침 엘리사의 아내가 계단 위에 서서 에핌에게 인사를 했다.

「안녕하세요? 영감님! 무사히 돌아오셨군요.」

에핌은 걸음을 멈추고 말했다.

「걱정해 주신 덕분에 잘 돌아왔습니다. 가는 도중에 엘리사와 헤어지게 됐는데 듣자하니 저보다 먼저 돌아왔다면서요?」

그러자 수다스러운 엘리사의 아내는 마구 이야기를 늘어놓았다.

「벌써 오래전에 돌아왔어요. 성모 승천제가 지나자 곧 돌아온걸요. 하느님께서 무사히 돌아올 수 있도록 보살펴 주신 덕분이죠. 그래서 온 식구가 기뻐했답니다. 이젠 나이가 나이라 힘든 일은 못하지만, 집안의 가장이니 모두들 그이를 의지하고 있답니다. 아들 녀석들도 얼마나 기뻐했는지! 저 사람이 없으니까 눈빛까지 꺼져 있는 것 같았어요. 그이가 없으면 정말 허전해요. 우리 식구들은 정말 그이만 믿고, 의지하고 있어요.」

「지금은 어디에 있어요?」

「네, 벌통 있는 곳에 있어요. 아마 꿀을 따고 있을 거예요. 올해는 꿀이 아주 좋대요. 이게 모두 다 하느님의 보살핌이죠. 그이도 이렇게 힘 좋은 벌은 난생 처음이라고 해요. 죄를 짓지 않고 열심히 사니까 하느님께서 이렇게 돌봐주시나 봐요. 한번 들어가 보세요. 그이도 무척 기뻐할 거예요.」

에핌은 마당을 질러 꿀벌통이 있는 곳으로 갔다. 그곳에 가보니 엘리사는 보호망도 쓰지 않고 장갑도 끼지 않은 채 긴 회색 외투를 입고 자작나무 위에 서서 두 팔을 벌려 하늘을 바라보고 있었다. 그의 벗겨진 머리는 예루살렘에서 그리스도의 관 옆에 서 있을 때와 같이 주위를 환하게 밝히고 있었다. 그리고 그의 머리 위로는 예루살렘에서와 같이 자작나무 잎 사이로 햇빛이 환하게 비치고 있었다. 그의 머리 주변에는 황금색의 꿀벌들이 관처럼 원을 그리며 날아다니고 있었지만, 그를 쏘려고 하지는 않았다.

에핌이 멈춰 서자 엘리사의 아내가 그의 남편을 불렀다.

「친구분이 오셨어요.」

엘리사는 반가운 표정으로 수염 속에 기어든 꿀벌을 떼어내면서 에핌에게 다가왔다.

「잘 다녀왔나? 친구! 무사히 돌아왔군.」

「갔다오긴 했지. 자네에게 주려고 요르단 강의 물을 가지고 왔어. 언제든지 들러서 가져가게나. 그건 그렇고……, 내 고행을 하느님께서 받아주셨는지 모르겠네.」

「그럼, 받아주셨고 말고.」

에핌은 할 말을 잊은 사람처럼 잠시 머뭇거리다가 이윽고 입을 열었다.

「몸은 갔다왔지만, 어쩐지 영혼은 의심스러워. 아무래도 내가 아닌 다른 사람이 다녀온 것 같네.」

「모두가 다 하느님의 뜻이라네.」

「돌아오는 길에 나도 그 농가에 들렀다네. 자네가 물 마시러 갔던 그 집에…….」

엘리사는 당황하며 말했다.

「모두가 하느님의 뜻이야. 이보게 친구! 여기서 이럴 게 아니라 안으로 들어가세. 내가 꿀을 가지고 들어갈 테니.」

엘리사는 화제를 바꾸려고 말머리를 돌려 다른 얘기를 하기 시작했다.

에핌은 한숨을 내쉬었다. 그리고 자신이 그 농가에서 만난 사람들의 이야기와 예루살렘에서 그를 본 일에 대해서는 한 마디도 하지 않았다.

그는 깨달았다.

진정 하느님께서 원하시는 것은 사는 동안 모든 사람들이 진정한 사랑을 나누고 착한 일을 행함으로써 각자 자신의 의무를 다해야 한다는 것을.

촛불

이 이야기는 지주시대 때의 일이다. 지주에는 여러 형태의 사람이 있었다. 자신도 언젠가는 죽게 된다는 것을 알고 하느님을 바로 모시고 농노를 가엾게 여기는 사람이 있는가 하면, 그렇지 않은 사람들도 있었다. 그 중에는 농노출신으로, 말하자면 미꾸라지가 용이 된 것처럼 하루아침에 신분이 상승되어 귀족행세를 하는 나쁜 관리인도 있었다. 바로 그런 사람들 때문에 농부들은 더욱 비참한 생활을 하게 되었다.

어느 귀족의 토지에 그런 관리인이 나타났다. 농부들은 부역으로 일하고 있었는데, 넓은 토지와 기름진 땅, 물도 풀밭도 숲도 모두 넉넉해서 지주나 농부들에게 아쉬운 것이라곤 아무것도 없었다. 그런데 지주는 다른 곳에서 부리고 있던 농노를 발탁해서 그 토지의 관리인으로 채용했다.

그 관리인은 권력을 잡자, 농부들의 목덜미를 바싹 조였다. 그는 한 집안의 가장으로 아내도 있고, 결혼한 두 딸도 있었다. 돈도 꽤 많이 모아두어서 나쁜 짓을 하지 않아도 사는 데 별 어려움이 없는데도 워낙 욕심이 많은 사람이기 때문에 나쁜 방향으로 빠진 것이다.

그는 농부들에게 정해진 일수 이상으로 일을 시키기 시작했다. 벽돌공장을 세워 남녀 할 것 없이 마구 끌어다가 혹사시키고, 그렇게 만든 벽돌은 모두 팔아먹었다.

농부들은 모스크바에 있는 지주에게 관리인의 횡포를 호소하러 갔지만, 아무 소용이 없었다. 지주는 그저 농부들을 내쫓아낼 뿐, 관리인의 횡포에 대해 모른 체했다.

그 관리인은 농부들이 모스크바까지 갔다는 사실을 알자 그걸 빌미로 농부들에게 앙갚음하기 시작했다. 그 때문에 농부들의 생활은 갈수록 더 힘들어졌다. 게다가 농부들 중 어떤 사람들은 관리인에게 동료를 일러바치기도 하고 서로 헐뜯기 시작했다. 농부들은 단결은커녕 서로 싸우기에 바빴고 관리인의 횡포는 날이 갈수록 심해졌다.

결국 농부들은 그 관리인을 마치 난폭한 맹수처럼 두려워하고 꺼리게 되었다. 관리인이 말을 타고 마을을 지나가기라도 하면 농부들은 마치 늑대가 나타난 것처럼 서둘러 피하고 그와 마주치지 않으려고 재빨리 몸을 숨겼다.

사람들이 자신을 무서워한다는 것을 눈치챈 관리인은 더욱더 심하게 일을 시켰다. 매일 이어지는 구타와 노동으로 점점 더 농부들을 괴롭혔기 때문에 농부들은 고통의 나날이었다.

그 무렵에는 악한 사람을 소리 없이 죽이는 일도 종종 있었는데 농부들 사이에서도 소문이 파다했다. 어느 날 그들은 으슥한 곳에 몰래 모여 앉았다. 그 중에서 가장 배짱 있는 친구가 먼저 말을 꺼냈다.

「도대체 언제까지 저 악당을 저대로 내버려둬야 하는 거지? 어쨌든 죽기는 마찬가지잖아. 저런 놈 정도 죽이는 건 죄도 아냐!」

부활절 전날, 농부들이 숲으로 모이기 시작했다. 관리인으로부터 지주의 숲을 말끔히 손질하라는 지시를 받았기 때문이었다. 점심시간이 되어 모였을 때, 그들은 의논하기 시작했다.

「이렇게 해서 우리가 어떻게 살 수 있겠어? 저놈은 우리들 뼈까지 부셔버릴 작정인가 봐. 일만 산더미처럼 시키고 밤이나 낮이나 우리는 물론 여자들에게까지 잠깐의 쉴 틈도 주질 않잖아. 저놈의 말에 조금이라도 거역하면 결국 말도 안돼는 트집을 잡아 때리질 않나. 세몬은 저놈에게 두들겨 맞아서 죽었고, 아니심은 수갑에다 족쇄까지 채워져 죽을 고비를 넘겼잖아. 우리한테도 무슨 일이 벌어질지 몰라. 그러니까 오늘 저녁에도 또 행패를 부리면 그놈을 말에서 끌어내려 도끼로 내리치는 거야. 그러면 일은 끝나는 거야. 그리고 개처럼 아무 데다 묻어버리고 증거는 물에 흘리는 거지. 다만, 서로 입을 맞추는 것이 중요해. 이번 기회에 모두 마음을 하나로 모으는 거야. 배신 같은 건 아예 생각하지도 말라구.」

이렇게 말을 한 건 와실리 미나예프였다. 그는 누구보다도 관리인을 저주하고 있었다. 관리인은 일주일이 멀다 하고 그에게 매질을 하는가 하면 그의 아내마저 강제로 빼앗아 자기 집 하녀로 만들었기 때문이었다.

그리하여 농부들은 결정을 내렸다.

저녁 무렵, 관리인이 말을 타고 왔다. 오자마자 그는 벌목해 놓은 것이 마음에 들지 않는다며 호통을 치기 시작했다. 벌목더미 속에서 보리수가 나왔기 때문이었다.

「난 보리수를 베라고 한 적이 없어! 누가 자른 거야? 어서 말해! 그렇지 않으면 모두 다 맞을 줄 알아!」

그리고는 보리수가 나온 곳이 누가 맡았던 자리인지 조사하기 시작했다. 그러자 누군가 시도르를 가리켰다. 관리인은 시도르의 얼굴이 피로 얼룩질 정도로 때리고, 와실리는 나무를 적게 베었다고 가죽 채찍으로 실컷 때리고는 집으로 돌아갔다.

그날 밤, 농부들은 다시 모였다. 그때 와실리가 입을 열었다.

「아니, 도대체 당신들도 사람이오? 〈그래, 어디 오기만 해봐라!〉 큰소리 칠 때는 언제고 정작 앞에선 다들 꼬리를 감추니, 꼭 매 앞에 놓인 참새꼴이라니까. 〈절대 배신하면 안돼. 오기만 해봐라. 끝장을 낼 테니!〉 하다가도 막상 매가 날아오면 다들 풀숲으로 흩어져버리잖아. 그러니까 매가 이

걸 알아채고 눈 깜짝할 사이에 낚아채서 가버리는 거야. 그리곤 매가 다시 날아가면 짹짹거리며 소란을 피우지! 한 마리가 모자란다며, 〈누가 없어졌지? 와니카다! 와니카가 없어졌어. 아니!……. 역시 와니카는 안돼. 걔는 원래 운이 없는 애였어.〉라는 식이지. 말하자면 자네들도 똑같은 꼴이야. 배신하면 안 된다고 말했으면 배신하지 말아야지. 그놈이 시도르에게 손찌검할 때, 한꺼번에 달려들어 그놈을 처리해 버렸어야 했어. 그런데 어떻게 했나? 〈배신하면 안돼. 오기만 해봐.〉 하면서도 막상 그 앞에선 찍소리도 못하고 줄행랑을 쳤으니…….」

농부들은 자주 모여서 이런 의논을 하게 되었고, 결국 관리인을 없애자는 의견이 굳혀졌다.

관리인은 그리스도 수난주간이 되자 부활절 기간 동안에 보리씨를 뿌릴 수 있도록 밭을 갈라고 명령을 내렸다. 농부들은 너무 심한 거 아니냐고 투덜거리며 와실리의 집 뒤쪽에 있는 정원에 모여서 다시 의논하기 시작했다.

「그놈이 하늘 무서운 줄 모르고 그런 짓을 하는 모양인데, 이젠 정말로 해치울 때가 됐어. 어차피 한 번 죽지 두 번 죽나!」

그때 표토르 미헤예프가 왔다. 그는 온순한 성품을 가진 농부로 여태껏 농부들이 의논할 때 한 번도 나온 적이 없었는데, 그들의 이야기를 듣더니 이렇게 말

했다.

「형제들, 자네들은 큰 죄를 범하고 있소. 사람을 죽이는 게 얼마나 엄청난 일인지 생각해 봤소? 남의 목숨을 빼앗는 건 쉬운 일이지만, 자신의 영혼은 어떻게 되겠소? 그 사람이 나쁜 짓을 하고 있다면 그만큼 벌을 받을 것이오. 그러니 참아야 하오, 형제들.」

이 말을 들은 와실리가 버럭 화를 냈다.

「자네는 언제나 남의 일처럼 말하는군. 사람을 죽이는 게 죄라고? 죄가 된다는 건 나도 잘 아네. 하지만 죽이려는 상대가 어떤 사람인가? 착한 사람을 죽이는 건 죄가 되겠지만 저런 개만도 못한 놈을 죽이는 건 말이야, 하느님의 분부나 다름없다구. 많은 사람들을 위해서도 그런 놈은 죽어 마땅하지. 그걸 살인이라고 한다면, 오히려 그렇게 말하는 사람이 더 큰 죄를 범하는 걸세. 우리가 그놈에게 당한 고통을 생각해 보게. 설령 곤란한 상황에 놓이게 된다 해도 다 우리 모두를 위해서야. 아마 다들 고마워할 걸세. 앞으로도 그놈은 우리를 계속 괴롭힐 게 틀림없어. 자네는 얼토당토않은 말을 하고 있어. 자, 말해 보게! 그리스도의 축제일에 일하러 나가는 게 죄가 더 가볍다고 생각하나? 우선 자네만 해도 일하러 가지 않을 거 아닌가?」

그러자 표토르가 말했다.

「왜 내가 안 가겠나? 일하러 가라면 밭을 갈든 어쩌든 가야지. 그게 어디 내 마음대로 할 수 있는 일인가. 하느님은 누가 죄인인지 다 알고 계시네. 우린 그저 하느님만 잊지 않으면 되는 거야. 내가 이렇게 말하는 건 내 생각만 고집하는 게 아닐세. 만일 악을 없애는 데 악을 써도 괜찮다면, 하느님은 우리에게 그와 같은 본을 보여주셨을 테지. 하지만 그렇지 않기 때문에 다른 방법을 가르쳐주신 거야. 악을 악으로 없앤다면, 그건 반드시 되돌아오네. 사람을 죽이는 건 옳지 않아! 영혼을 피투성이로 만드는 일이야. 자네는 나쁜 사람을 죽임으로써 악을 없앴다고 하겠지만, 사실은 그것보다 더 나쁜 악을 자네 집으로 끌어들이게 되는 거야.」

농부들은 의견이 둘로 갈라지는 바람에 쉽게 결정을 내리지 못하고 있었다. 어떤 사람은 와실리를 지지했고, 어떤 사람은 표토르의 말에 동의하며 죄를 짓지 말고 그냥 참자고 했다.

농부들이 부활절 축하행사를 끝마친 저녁 무렵, 이장은 관청의 서기와 함께 지주의 저택에 다녀와서는 관리인인 미하일 세묘누이치가 내일 보리를 뿌릴 밭을 갈도록 농부들에게 명령했다는 말을 전했다. 이장은 서기와 함께 마을을 돌아다니며 모두에게 내일은 밭을 갈러 나와야 한다고 전했다. 한 패는 강 저편에서 또 다른 한 패는 큰길에서부터 시작하도록 했다.

농부들은 푸념을 늘어놓으면서도 명령에 반항할 수 없었기 때문에 아침이 되자 모두들 쟁기를 들고 나와 밭을 갈기 시작했다. 교회에서는 아침예배 종이 울리고 사람들은 모두 부활절을 축하하고 있는데, 이곳의 농부들만 밭에서 일을 하고 있었다.

늦잠을 자고 일어난 미하일 세묘누이치는 농부들이 일하는 걸 살피러 나갔다. 아내와 축제를 구경하러 온 과부가 된 딸은 한껏 치장을 하고 하인이 준비한 마차를 타고 예배에 참석했다 돌아왔다.

미하일 세묘누이치는 하녀가 준비한 차를 마시고 파이프의 연기를 뿜으며 이장을 불렀다.

「그래, 농부들은 모두 밭으로 내보냈겠지?」

「그럼요.」

「어때, 다들 나왔던가?」

「물론이죠. 모두 나왔어요. 제가 일일이 구역까지 정해주었는걸요.」

「구역을 정해 준 건 좋은데, 일은 제대로 하고 있을까? 한번 나가서 보고 오는 게 좋겠어. 가서 내가 낮에 갈 거라고 일러둬. 각자 1데샤티나씩 갈도록. 그것도 말끔하게 잘하도록 말이야. 만일 내가 가서 보고 대충 해놓은 게 발견되면 부활절이라고 해도 용서하지 않을 테니까.」

「잘 알겠습니다.」

이장이 나가자 미하일 세묘누이치는 그를 다시 불렀다. 그를 다시 부른 것은 뭔가 할말이 있다는 건데, 보아 하니 약간 말하는 걸 조심스러워하는 눈치였다. 그는 머뭇거리며 말했다.

「다른 게 아니라 그놈들 말이야, 내가 없을 때 나에 대해 어떻게 말하는지 슬쩍 듣고 오게. 어떤 놈이 내 욕을 하는지 그걸 전부 나에게 일러주게. 난 저놈들을 잘 알고 있어. 놈들은 일하는 걸 싫어하지. 그저 잠이나 자면서 게으름 피우는 걸 좋아해. 먹고 마시고 노는 것, 놈들은 그런 걸 좋아하지. 그래서 밭을 갈아야 할 때를 놓치면 일이 늦어진다는 걸 조금도 염두에 두지 않아. 그러니까 자네가 신경 좀 써서 누가 어떤 말을 하는지 듣고 와서 전부 내게 말해 주게. 난 그걸 알아둘 필요가 있어. 그러니까 우선 나가서 잘 봐두고 하나하나 말해 주게. 절대 숨겨선 안돼! 알았나?」

이장은 곧 밖으로 나갔다. 그는 말을 타고 들에서 일하고 있는 농부들에게로 달려 갔다.

미하일 세묘누이치의 아내는 남편과 이장이 하는 이야기를 듣고 남편에게 다가갔다. 그의 아내는 온순하고 착한 성품의 여자였다. 그래서 되도록 남편의 마음을 가라앉히고 농부들을 감싸주려고 했다. 그녀는 남편 옆으로 와서 애원했다.

「여보, 오늘은 축제날이니 제발 죄를 짓는 일은 하지 말고 농부들을 그만 쉬게 해주세요.」

미하일 세묘누이치는 아내의 말에 코웃음을 쳤다.

「한동안 손을 안 댔더니 아주 건방져졌는데? 참견 말고 조용히 있어!」

「여보, 난 당신 일로 나쁜 꿈을 꿨어요. 제발 오늘만은 농부들을 쉬게 해주세요.」

「글쎄, 안 된다고 했잖아! 확실히 기름진 음식에 배가 부르니까 채찍 같은 건 벌써 잊어나 보지? 당신도 조심해!」

미하일 세묘누이치는 버럭 화를 내고는 불이 붙어 있는 파이프를 아내의 입에 들이대고는 방에서 내쫓으며 점심이나 준비하라고 윽박질렀다.

그는 어묵과 고기만두, 돼지고기가 섞인 수프와 통돼지구이, 우유가 든 국수 등을 먹고 앵두 과일주를 마시고 디저트로 케이크와 파이까지 먹었다. 그리고 하녀를 불러서 노래를 시키고 자기는 기타를 치기 시작했다.

미하일 세묘누이치는 기분이 좋은지 고개를 끄덕여가면서 기타 줄을 퉁기며 하녀와 얼굴을 마주보며 웃고 있었다.

그때 이장이 들어왔다. 그는 허리를 굽혀 인사를 한 다음 들에서 살펴본 것을 보고하기 시작했다.

「그래, 밭은 잘 갈고 있나? 오늘의 책임량은 다 할 것 같아?」

「네, 벌써 절반이나 갈았습니다.」

「대충하는 건 아니고?」

「아니오. 모두들 겁내고 있는지 열심히 갈고 있습니다.」

「흙도 잘 다지고?」

「예, 잘하고 있습니다. 작은 알갱이를 뿌려놓은 것 같습니다.」

미하일 세묘누이치는 잠자코 있다가 다시 물었다.

「그래, 내 말을 하던가? 악담을 했겠지?」

이장이 머뭇거리자 미하일 세묘누이치는 들은 그대로 말하라고 명령했다.

「모조리 말하는 게 좋을 거야. 행여나 조금이라도 숨기거나 그놈들을 감싸주다간 자네가 다쳐. 사실대로 말해 준다면 상을 주겠지만 만일 그렇지 않으면 어떻게 된다는 것쯤은 알고 있겠지? 이봐! 카튜샤. 용기를 낼 수 있게 이 친구에게 보드카 한잔을 내주게.」

하녀는 나가더니 이장에게 술을 가져다주었다. 이장은 감사의 인사를 하고 단숨에 들이킨 다음 입을 닦으며 생각했다.

〈어떻게 말하든 마찬가지야. 모두가 악담을 했다고 한들 내가 알 바 아니지. 그래, 다 말해 버리자. 들은 대로 다 털어놓는 거야.〉

이장은 용기를 내어 입을 열었다.

「모두들 불평불만이 많습니다.」

「그래, 뭐라고 하던가? 어서 말해 보라구.」

「모두들 같은 말을 하고 있었습니다. 〈미하일 세묘누이치는 하느님을 섬기지 않는다.〉고요.」

미하일 세묘누이치는 웃음을 터뜨렸다.

「누가 그런 말을 하던가?」

「다들 이렇게 말하고 있었습니다. 〈미하일 세묘누이치는 악마에게 고개 숙이고 있다.〉면서요.」

미하일 세묘누이치는 계속 웃었다.

「좋아. 누가 뭐라고 말했는지 하나하나 얘기해 보게. 와실리는 뭐라고 하던가?」

이장은 자기 친구들에 대해 나쁘게 말하고 싶지는 않았지만, 와실리와는 전부터 사이가 좋지 않았다.

「와실리 녀석은 누구보다 심한 욕을 했습니다.」

「그러니까 뭐라고 욕을 했는지 그걸 말하라고 하잖아!」

「제 입으로 말하기는 뭐합니다만……, 〈그 사람은 반드시 비참한 최후를 맞을 게 틀림없어!〉라고 했습니다요.」

「흥, 대단하군. 하지만 날 죽일 수는 없을걸. 손 쓸 방법이 없을 테니까. 그래 좋아, 와실리 그놈과는 당장 셈을 치를 테니. 그러면 티시카는 어때? 그놈 역시 내 욕을 했겠지?」

「네, 모두들 좋은 말은 하지 않았습니다.」

「그러니까, 뭐라고 했는지 구체적으로 말해 봐!」

「입에 담기조차 뭐해서…….」

「뭐가 두려워? 조금도 겁낼 것 없어. 어서 말해!」

「모두들, 그러니까…… 〈녀석의 배가 터져서 창자가 튀어나왔으면 좋겠다.〉고 했습니다.」

미하일 세묘누이치는 목소리를 높여가며 웃었다.

「좋아, 누구 창자가 먼저 터지는지 보겠어. 그런데, 그 말은 어떤 놈이 했나? 티시카야?」

「예, 누구도 좋은 말을 하는 자는 없었습니다. 모두 악담을 하거나 협박하는 듯한 말만 했습니다.」

「그럼, 표토르는 어때? 녀석은 뭐라고 하던가? 그 녀석도 틀림없이 악담을 했겠지?」

「아닙니다. 미하일 세묘누이치. 표토르는 욕 같은 건 하지 않았습니다.」

「그럼, 무슨 말을 하던가?」

「네, 모든 농부들 중에서 유독 그 사람 혼자만 아무 말도 하지 않았습니다. 그는 남들과 조금 달랐습니다. 저도 그 사람한테 놀랐는걸요.」

「뭘 놀랐다는 건가?」

「다른 농부들도 그 사람이 하는 행동에 다 놀랐습니다.」

「대체 그가 무슨 일을 했는데?」

「글쎄, 그건 정말 신기한 일입니다. 제가 다가갔을 때, 그 사람은 투루킨의 비탈진 땅을 갈고 있었어요. 더 가까이 다가가자 가늘고 고운 노랫소리가 들리기 시작했어요. 그런데 그 사람이 쓰고 있는 쟁기의 손잡이 사이로 뭔가 반짝이는 것이 보이는 거예요.」

「그래서?」

「조그마한 불빛 같은 거였어요. 바싹 다가가 보니 5카페이카쯤 하는 양초였지요. 그것을 쟁기의 손잡이 사이에 세워놓았는데 신기하게 바람이 불어도 꺼지지 않았어요. 그 사람은 말끔한 셔츠를 입고 부지런히 쟁기질을 하면서 부활절 노래를 부르고 있었죠. 한 고랑을 다 갈면 쟁기를 잡아당기기도 하고 홱 돌리기도 했는데 촛불은 꺼지지 않았어요. 이쪽저쪽으로 방향을 돌리는데도 여전히 꺼질 기미가 보이지 않더라구요.」

「그건 그렇고, 그 사람은 뭐라고 말하던가?」

「뭐, 특별한 말은 없었습니다. 부활절 인사만 할 뿐 다시 노래를 부르더라고요.」

「그럼, 자네는 그 사람에게 뭐라고 했나?」

「저도 별 말은 하지 않았습니다. 그런데 그때 농부들이 몰려와서는 그 사람을 놀려대기 시작했어요. 표토르는 부활절에 일을 했으니 아무리 열심히 기도를 해도 죄를 면하지 못할 거라고 말입니다.」

「그래, 표토르는 뭐라고 하던가?」

「그는 그저 땅에는 평화, 사람에게는 선한 마음이 있을 거라고 말했어요. 그리고 다시 쟁기를 잡고 말을 몰면서 가느다란 목소리로 노래했습니다. 그러는 동안에도 촛불은 계속 타고 있었지요.」

미하일 세묘누이치는 갑자기 웃음을 멈추더니 기타를 내

려놓고 고개를 숙인 채 깊은 생각에 빠졌다.

그는 하녀와 이장을 물러가게 하고 얼마 동안 앉은 채로 있다가, 커튼 쪽으로 갔다. 그리고 침대에 누워서 한숨을 쉬기도 하고 신음소리도 냈는데, 그건 마치 무거운 짐을 실은 마차라도 끌고 가는 것처럼 들렸다. 그때 그의 아내가 들어와서 그에게 말을 걸었지만 그는 한 마디도 하지 않았다. 다만 이 한 마디를 했다.

「그놈이 이겼어! 드디어 내 차례까지 온 거야.」

아내는 그를 달래기 시작했다.

「여보, 제발 부탁이니 가서 저 사람들을 돌려보내세요. 그렇게 하면 아무 일 없을 거예요. 어떤 일에도 끄떡없던 당신이 이제 와서 무엇을 그렇게 두려워하시는 거예요?」

「난 이제 끝장이야! 그놈이 이겼어.」

아내는 남편에게 큰소리로 말했다.

「어서 가서 농부들을 집으로 돌려보내세요. 그러면 모든 일이 잘 풀릴 거예요. 자, 어서 가세요. 제가 나가서 말을 준비하라고 할게요.」

곧이어 말이 준비됐고 그의 아내는 남편을 타이르며 들에서 일하고 있는 농부들을 지금 당장 집으로 돌려보내라고 했다.

미하일 세묘누이치는 곧 말을 타고 농부들이 있는 곳으

로 갔다. 마을 입구에 들어서자 어느 농부의 아내가 문을 열어줘서 안으로 들어갔다. 그러나 미하일 세묘누이치를 보자 어떤 사람은 뒤뜰로, 어떤 사람은 집 모퉁이로 도망을 쳤다.

미하일 세묘누이치는 마을을 지나 출구 쪽으로 갔다. 문은 잠겨 있었는데, 말을 탄 채로는 문을 열 수가 없었다. 그는 문을 열라고 크게 소리를 쳤지만 아무도 문을 열어주지 않았다. 하는 수 없이 말에서 내려 직접 문을 열고, 다시 말에 오르려고 한쪽 발을 올려놓는 순간, 말이 울타리 옆에 부딪치고 말았다. 몸이 뚱뚱한 그는 안장에서 몸을 가누지 못하고 그대로 말에서 떨어져 울타리에 부딪쳤다. 그런데 그만 그의 배에 뾰족하게 생긴 뭔가가 꽂히고 말았다. 몸이 무거운 탓인지 배가 찢어지면서 그대로 땅바닥에 떨어졌다.

농부들이 밭일을 마치고 돌아와 문 앞에 다다르자 웬일인지 말이 안으로 들어가려고 하지 않았다. 자세히 보니 미하일 세묘누이치가 쓰러져 있었다. 두 팔을 벌리고 눈을 부릅뜬 채 창자가 터져나와 피가 고여 있었다. 땅이 그의 피를 빨아들이지 않았던 것이다.

농부들은 깜짝 놀라 말을 몰고 뒷길로 달아났다. 그러나 표토르는 말에서 내려 그의 옆으로 가서 죽은 것을 확인하고는 그의 눈을 감겨주었다. 그리고 그의 아들과 함께 짐수레에 말을 매고 미하일 세묘누이치의 시신을 실어 지주의 집으로 갔다.

모든 사정을 들은 지주는 그날부터 농부들에게 부역을 시키지 않고 소작료만 받도록 했다.

　농부들도 그 뒤로는 하느님의 뜻이, 악을 악으로 갚는 데 있지 않고 선한 일을 행하는 데 있다는 것을 깨닫게 되었다.